meu avô, *os livros* e eu *ou* como resistir em *tempos* incertos

ilustrações de
Silvia Amstalden

meu avô, *os livros* e eu *ou* como resistir em *tempos* incertos

Camila Tardelli

TEXTO © Camila Tardelli
ILUSTRAÇÕES © Silvia Amstalden

DIREÇÃO-GERAL Vicente Tortamano Avanso

DIREÇÃO EDITORIAL Felipe Ramos Poletti
GERÊNCIA EDITORIAL Gilsandro Vieira Sales
EDIÇÃO Paulo Fuzinelli
ASSISTÊNCIA EDITORIAL Aline Sá Martins
APOIO EDITORIAL Maria Carolina Rodrigues
SUPERVISÃO DE ARTES Andrea Melo
DESIGN GRÁFICO Luciana Facchini
EDIÇÃO DE ARTE Daniela Capezzuti
SUPERVISÃO DE REVISÃO Dora Helena Feres
REVISÃO Sylmara Beletti e Flávia Gonçalves
SUPERVISÃO DE CONTROLE DE PROCESSOS EDITORIAIS Roseli Said
SUPERVISÃO DE ICONOGRAFIA Léo Burgos
PESQUISA ICONOGRÁFICA Daniel Andrade

Créditos das fotos utilizadas nas ilustrações: p. 36: Helissa Grundemann/Shutterstock.com, p. 39: Marc Ferrez/Fundação Biblioteca Nacional, Rio de Janeiro, p. 87: Fundação Biblioteca Nacional, Rio de Janeiro, p. 128: Autor desconhecido/Fundação Biblioteca Nacional, Rio de Janeiro.

Dados Internacionais de Catalogação na Publicação (CIP)
(Câmara Brasileira do Livro, SP, Brasil)

Tardelli, Camila
Meu avô, os livros e eu ou como resistir em tempos incertos / Camila Tardelli ; [ilustrações de Silvia Amstalden. -- 1. ed. -- São Paulo : Editora do Brasil, 2021. -- (Farol)

ISBN 978-65-5817-718-0

1. Família - Literatura infantojuvenil 2. Distanciamento social 3. Pandemias - Literatura infantojuvenil I. Amstalden, Silvia. II. Título III. Série.

21-72377 CDD-028.5

Índices para catálogo sistemático:

1. Literatura infantojuvenil 028.5
2. Literatura juvenil 028.5

Maria Alice Ferreira - Bibliotecária - CRB-8/7964

1ª edição / 5ª impressão 2024
Impresso na Gráfica Elyon

Avenida das Nações Unidas, 12901
Torre Oeste, 20º andar
São Paulo, SP – CEP: 04578-910
Fone: + 55 11 3226-0211
www.editoradobrasil.com.br

Dedico este livro aos meus avós, Odette e Argemiro, Hercília e Pedro, Maria e Raymundo, e aos avós do meu filho: Sonia e Pedro, Cida e Inácio.

Agradeço a Daniel Teixeira, meu amor e amigo, pela escuta, pela leitura crítica e por todo companheirismo, e a Franciele Busico, generosa pesquisadora, professora e amiga, por suas indicações de leitura sobre a obra de Suassuna.

VÍRUS
MOLEZA
CANSAÇO
NATÁLIA
13ANOS
AVÔ
ON-
LIVROS
VIAGEM
TÉDIO
RAIVA
PANDEMIA

Tem água no copo?

Meu nome é Natália. Não Nathália, nem Nathalya, nem Natalya, nem Nataly. Sei lá quantas versões do meu nome eu já vi por aí. Rimou. Eu sou a Natália, simples assim. Por incrível que pareça, as pessoas sempre erram a maneira de escrever meu nome.

Eu acabo de completar 13 anos. Gosto de ler e moro no interior. Aqui não tem livraria, nem sebo, nem biblioteca municipal. Mentira. Tem uma biblioteca pequena, mas lá quase não tem nenhum livro que eu gosto de ler. O que eu leio? As coisas que encontro na biblioteca da escola – que na verdade é um depósito de livros, uma bagunça só. Não tem ninguém responsável pela sala, a gente não pode entrar lá, mas a professora de Português gosta de mim e me deixa ir lá de vez em quando. Ela também me empresta livros.

De onde surgiu esse meu gosto por leitura? Acho que foi na casa do meu vô. Lá há muitos livros, não livros novos, desses que eu gosto de ler, mas alguns antigos, empoeirados. Meu avô estuda astrologia e é ateu. Ateu é quem não acredita em Deus. Meu avô é ateu e estuda astrologia. Meu amigo José disse que isso é a coisa mais esquisita do mundo: como alguém que estuda astrologia não acredita em Deus? Eu contei ao meu avô e ele riu: esse seu amigo não entende nada de astrologia. Astrologia é ciência, minha filha.

Eu sou neta do meu avô, mas ele me chama de “minha filha”. Eu fantasio ser a neta preferida dele, mas acho que não sou. Só se houver o título de segunda neta preferida. A primeira é a Teresa. Ela tem 18 anos e mudou para a capital. Quando meu avô fala da Teresa, os olhos dele brilham. Meu avô e Teresa só brigam quando estão juntos, mas são aquelas brigas de quem se ama, sabe?

Esse meu avô é pai do meu pai. O pai da minha mãe eu não conheci. Aliás, não conheço quase ninguém da família da minha mãe, o que é esquisito, me dizem. E também não gosto muito de falar da minha mãe.

Meu avô teve oito filhos: quatro com a primeira esposa e quatro com a segunda. A primeira esposa dele faleceu jovem e ele se casou novamente com a Maria. A Maria é como se fosse minha avó, mas não é minha avó. A minha avó se chamava Solange e morreu uns dias após o nascimento do meu tio João. Quando meu avô se casou de novo, meu pai já tinha 7 anos. Ele não chama a tia Maria de mãe, chama de tia. Por isso eu chamo minha avó de tia Maria, porque ela não é minha avó, apesar de ser minha avó, de fazer o papel da minha avó. Complicado? Não, né? Mas é chato pra caramba ter de explicar pra todo mundo. Queria que a minha família fosse um tantinho mais simples.

Os filhos do meu vô têm idades muito diferentes e são pessoas muito diferentes também. Meu tio mais velho, Roberto, acho que tem quase 50 anos já. Depois vem minha tia Isabel,

que deve ter uns 45. Depois meu pai, que tem 42. Meu tio João, com 40, é o próximo. Então vem minha tia Antônia, que tem 35, eu acho. Depois o tio Ulisses, que tem 30. Tia Ana é a penúltima, ela tem 28. E tia Juliana, que tem 25 anos – e é minha tia preferida. Eu tenho primos mais velhos do que a tia Juliana. Minha prima Patrícia já deve ter uns 30 anos e não é tão próxima de mim feito a tia Ju.

No ano passado, eu passei dias inteiros pensando nos meus tios depois que meu avô disse que nenhum deles era feliz no amor. E tive que concluir que meu avô tinha razão. Eu estava chateada porque tenho dó do meu pai. Depois que minha mãe foi embora, ele teve duas namoradas, e não deu certo com nenhuma. Quando eu era menor, torcia para que ele se casasse de novo com uma mulher bem legal, que cuidaria de mim. Mas depois acabei desistindo. “Dedo podre”, foi o que meu avô disse. Meus filhos têm dedo podre, nenhum deles é feliz no amor, não é apenas seu pai, não, Natália.

Não consigo concordar com essa história de dedo podre, mas consigo concordar que nenhum deles é feliz no amor. Exceto a tia Ju, que namora o Benício. Eu gosto bastante do Benício e acho que eles vão ser muito felizes. Disse isso para meu avô. Ele falou: também gosto dele, mas sua tia Ju não conta porque é muito jovem, não deu tempo ainda de fazer besteira.

Meu avô é assim: um pessimista. Saca aquela história do copo meio cheio, meio vazio? Meu avô olha e diz: não tem água no copo. Meu pai me disse que, desde que se entende por gente, meu avô é assim: crítico, pessimista, rabugento.

O fato é que ele tem razão. Nenhum dos meus tios é feliz no amor. Fiquei muito assustada quando descobri isso. Tia Maria ouviu o que meu avô disse e deu a maior bronca nele. Disse que ele é exagerado, que ninguém é feliz o tempo todo. Mas meu avô respondeu: o problema é quando se é infeliz o tempo todo. Meus filhos são assim, Maria, são bem-sucedidos, conquistaram o que queriam da vida, mas um casamento bom, isso eles não conseguiram e eu não entendo por quê. Olha pra mim. Casei duas vezes muito bem, obrigado. Tia Maria sorriu e foi fazer outra coisa. No fundo, ela sabe que ele tem razão.

Quarentena infinita

Tédio. Cansaço. Moleza. Raiva. Tive todos esses sentimentos hoje. E hoje é sábado. SÁ-BA-DO. Sábado não é dia de sentir essas coisas. Deveria ser proibido. Se eu soubesse que teria de ficar presa dentro de casa por tanto tempo, teria aproveitado melhor o mês de fevereiro. Não quis ir pra praia com a tia Ju no Carnaval porque ia ter aniversário na casa da Carla, e aniversário na casa da Carla é coisa que eu não perco por nada neste mundo. No fim, o aniversário foi bem besta porque quase ninguém apareceu, só umas tias bem velhinhas da Carla. Era feriado de Carnaval, e o mundo inteiro estava na praia. Exceto a

Carla e eu, que ficamos chupando dedo na casa dela. E comendo os docinhos todos que o tio Paulo, pai da Carla, fez (essa parte foi boa). Nada dos meninos, nada de música até tarde, nada de nada. Ah, se soubesse que poucos dias depois eu não poderia nem sonhar com praia! Que droga!

Se eu soubesse que ficaria presa dentro de casa, teria ido mais vezes pra rua nas últimas semanas. Se eu soubesse que ficaria presa dentro de casa, teria ido tomar sorvete todos os dias no fim da tarde. E teria ido dar uma volta no calçadão depois da escola. E teria passado pra comprar sonho na padaria TODOS os dias. E teria ido à casa do meu avô mais vezes.

Mas eu não sabia. Ninguém sabia. Sabia que havia um vírus lá do outro lado do mundo, sabia que havia gente morrendo, sabia que minha tia Antônia estava toda preocupada com isso, mas ela vive preocupada com alguma coisa. Como é que eu ia ter ideia do que estava para acontecer? Marco, o professor de Ciências, disse que o vírus não era tão perigoso, que o problema era a economia, que se todo mundo adoecesse junto as coisas deixariam de funcionar. E agora que as férias sem noção que a escola inventou acabaram e as aulas *on-line* chatas pra caramba começaram, ele vem dar uma aula sobre "Covid-19, uma das maiores pandemias da História"?

Eu realmente tenho dificuldade de entender algumas pessoas. O namorado da tia Ju, por exemplo, o Benício. Ele é médico e também disse que o vírus não era tão sério assim. Agora está todo neurótico, fica ligando pra família toda, disparando mensagem no celular, não quer que a gente saia, não quer que ninguém vá ver o vovô e a tia Maria.

Até uns dois anos atrás, eu achava que os adultos eram mais inteligentes, mas nos últimos tempos eu percebi que muitos deles são estúpidos o tempo todo, ou fazem coisas estúpidas várias vezes na vida. As pessoas deveriam fazer uma prova pra virar adulto; se errassem muito, reprovavam e não poderiam ter esse título de adulto. Eu, por exemplo, não posso dirigir ainda, mas aposto que sei dirigir melhor do que muitas pessoas de 18 anos que ficam tirando racha, batem o carro e matam os outros por aí. Eu não deveria saber dirigir ainda, mas sei. Aprendi com meu avô, na chacrinha dele. É um segredo nosso, nem meu pai, nem tia Maria, nem ninguém sabe. Acho que foi ele também quem ensinou Teresa, mas nunca perguntei.

Meu avô é meu adulto preferido em todo o mundo. Ele também é chato, às vezes consegue ser chato pra caramba, inclusive. Mas é um chato diferente. Acho que sou bem tolerante com as chatices dele. Talvez seja porque ele já é velhinho. Se bem que tem velhinho que é chato demais, chato de um jeito insuportável, coisa que meu avô nunca vai ser.

Hoje eu estou muito irritada e nem deveria ter me sentado para escrever. Tudo o que eu queria era SAIR de casa. Ir pra padaria, ir pra rua, ir pra casa da Carla, dar uma volta na praça com o José, ir à casa do meu avô. Acho que já faz mais de 30 dias que não saio de casa, exceto pra dar uma volta com a Chocolate, minha cachorra, no quarteirão. E, mesmo assim, mudando de calçada cada vez que encontro um ser humano na rua. Meu pai disse que nunca me viu tão animada para andar com a cachorra... É que é a única hora do dia em que eu boto a cara pra fora de casa.

No começo achei legal essa coisa de não ter aula. Eu gosto de aula, mas não de todas. Tem aulas que eu faria de tudo para escapar se pudesse. Então o início dessa quarentena foi divertido. Vi desenho na TV, acordei tarde, comi um monte, falei por mensagem com a Carla o dia todo. Li um livro muito bonito que a professora me emprestou. Estava tudo indo muito bem, fora a parte de cuidar da Vivian.

Mas depois de umas duas semanas foi me dando uma comichão, um desespero. Quando a escola avisou que após as "férias" que eles inventaram, roubando nossas férias de julho, as aulas começariam pelo computador, eu perdi a esperança na humanidade. Foi também quando descobri que a maioria dos meus colegas estava saindo normalmente na rua, que só a Carla e eu, no universo inteiro, estávamos trancadas dentro de casa. Se todo mundo está saindo por aí, por que a escola não volta?

Carla e eu temos o azar de ter pais que trabalham no hospital. A mãe dela é enfermeira e meu pai trabalha na administração. Os dois estão radicais com essa coisa de não sair, estão muito preocupados de pegar o vírus e transmitir para os familiares mais idosos ou com problemas de saúde. Até agora, temos só dois casos registrados na cidade, mas os dois foram direto pra cidade vizinha, que tem mais estrutura, sem nem passarem pelo hospital daqui, que é pequeno e nem tem UTI.

As aulas pararam, o comércio parou, mas as pessoas da cidade continuam indo e vindo por aí. Já Carla e eu estamos presas em casa. Não podemos sair nem receber visita. Que azar!

Meu avô disse para eu ligar pra ele hoje à tarde que ele tem uma surpresa pra mim. Eu sei lá que surpresa é essa! Meu coração chega a doer de saudade dele, da casa dele, da tia Maria, das nossas conversas. Deveria ser proibido a gente não poder ver o avô. Quando tudo isso acabar, juro que vou à casa do meu avô todos os dias depois da escola. Saudade de subir a rua da casa dele, de encontrar o velhinho sentado na varanda, com um livro numa mão e um copo de café na outra.

A Vivian começou a me encher a paciência aqui agora. Quer brincar. Olha a minha cara de quem quer brincar com criança a essa hora do dia! Hoje é sábado. Há um mês, num sábado quente desses, eu estaria lá na casa da Carla, dando risada com ela e os meninos, jogando algum jogo de tabuleiro, tomando banho na piscina de plástico que o pai dela monta em dias assim. Ou estaríamos as duas no quarto, cochichando nossos segredos, vendo fotos e vídeos das pessoas da turma nas redes sociais e comentando em voz alta entre nós. Ou ainda poderíamos estar assistindo a algum filme antigo com o pai dela e comendo uma bacia de pipoca. Ou estaríamos largadas no sofá vendo nossas séries preferidas.

Acredito que pra quem tem mãe e pai, feito a Carla, a vida é muito mais fácil. Pensa em mim aqui: irmã mais velha e sem mãe por perto. Sempre tive mil obrigações que ninguém da minha idade tem. E agora está muito pior.

Histórias que ainda não li

O fim do mundo. A surpresa que meu avô queria me fazer era falar sobre o fim do mundo. Natália, o que é o fim do mundo para você? Natália, o que você faria se soubesse que o mundo ia acabar? Natália, o que você levaria do mundo se precisasse ir embora de repente e pudesse escolher apenas uma coisa, não pessoa, Natália, coisa mesmo.

As minhas respostas? Ri, depois fiquei séria, depois ri de novo. Às vezes acho que meu avô está falando sério e ele está brincando, às vezes acho que ele está brincando, mas ele está falando sério. Eu disse pra ele que "o fim do mundo" é quando aprontamos algo. A dona Nena, que vem aqui em casa a cada 15 dias fazer uma faxina, sempre diz essa frase quando entra no meu quarto: “é o fim do mundo!”. Era para ele rir, e ele ficou sério. Então, eu também fiz uma cara séria e ele começou a rir. Meu avô é mesmo uma figura.

Faz uns dois anos que ele fala sem parar sobre 2020. Pior do que está pode ficar, esperem, dizia ele quando as pessoas da família só faltavam se estapear na mesa da cozinha na época das eleições. Aguardem 2020, foi o que ele disse. Saturno vai entrar em conjunção com Plutão, dizia ele nos almoços de domingo e esbravejava quando algum engraçadinho lhe dizia que Plutão deixou de ser considerado planeta. Aguardem, dizia. Aguardem. Acho que foi por causa disso que associei astrologia a previsões catastróficas. Os astrólogos nunca falam de coisa boa, vô? Estão sempre fazendo essas previsões de tragédia. Sempre, não, Natália, mas nos últimos anos, sim. Desde que me entendo por gente, vô. É que você é gente há pouco tempo, ele dizia. E dava risada.

2020 chegou e junto com ele toda essa situação maluca. Meu pai me disse, logo que soube da gravidade desse vírus: quer apostar quanto que a primeira coisa que o vô vai dizer é “Eu avisei?”. Errou. Meu avô poderia ter dito “Eu avisei” mil vezes, mas não falou nada. E o mais engraçado é que parece que já estava preparado para lidar com todas as turbulências que este ano trouxe. Não reclamou, não brigou, como ele sempre faz se algum filho ousa faltar em um almoço de domingo, refeição sagrada para meu avô. Não cobrou visita de ninguém. E nos últimos dias inventou de fazer chamadas de vídeo.

Ontem ele me disse que teria uma surpresa. E a surpresa é esta: Natália, o que é o fim do mundo pra você? O que você levaria se só pudesse escolher uma coisa? Pensei em responder "meu celular", mas levaria uma bronca e, além disso, se o mundo acabasse, para que serviria meu celular? Acabei respondendo: um livro bem grosso cheio de histórias que ainda não li. Meu avô gritou tão alto que até a tia Maria apareceu na tela pra ver o que estava acontecendo: isso, Natália! Essa é minha neta!

Ele me disse ainda que meu pai anda preocupado comigo. O que eu queria entender é por que meu pai não me diz que está preocupado comigo. Nunca a conversa é comigo, sempre coloca alguém no meio. Quando eu menstruei pela primeira vez, colocou a tia Ju na conversa e eu quase morri de vergonha porque, por mais que ela seja minha tia preferida, é minha tia, não é minha amiga. Meu pai nunca tem conversas sérias comigo, sempre

chama alguém pra fazer isso por ele. Dessa vez, como em tantas outras, foi o meu avô.

Preocupado por que, vô? Porque ele acha que você está muito triste dentro de casa. Eu estou é cansada, vô. A Vivian não vai mais à escola, nem às aulas de dança, de pintura... E eu fico o tempo todo com ela. E estou proibida de sair de casa, vô. Você e todo mundo, minha filha. Não, vô, quase todos os meus amigos podem sair, menos a Carla e eu. Você está exagerando, Natália, mas, mesmo que isso seja verdade, os seus pais estão certos, quem está saindo sem necessidade é que está errado. Mas eu estou cansada, vô. E talvez esteja um pouco triste mesmo. Sinto falta das tardes na casa da Carla, sinto falta de andar pela cidade, sinto falta de visitar vocês.

O mundo não vai acabar em 2020, minha filha, mas muita coisa está acontecendo e vai acontecer. Por isso eu pensei numa coisa. Lembra que eu te prometi que um dia faríamos uma viagem de carro para conhecer todos os museus que existem no Brasil?

Só me faltava essa! Meu avô caducou. Por acaso ele está achando que meu pai vai me deixar viajar com ele de carro para lugares distantes, ainda mais agora no meio da pandemia? Meu pai tem medo até de que vovô me traga pra casa, acha que ele não está mais escutando bem nem vendo bem, que ele dirige como antigamente e que os tempos mudaram. Claro que eu não disse tudo isso pra ele. Fiquei esperando ele continuar com seus planos mirabolantes de viagem. Será que meu avô está ficando doido?

Ele disse ainda que amanhã, no mais tardar na terça, receberei uma surpresa. Vou ter que contar para meu pai essa história porque estou achando que meu avô vai aparecer aqui, e meu pai não quer, de jeito nenhum, que eu tenha contato com ele. Afinal, ele é idoso e esse vírus não é brincadeira.

Como se não bastasse tudo, o meu vô vem com mais essa. Além de ficar presa em casa, de ter de cuidar da Vivian o tempo todo agora que as coisas no hospital complicaram, meu avô, meu querido vô, inventou de ficar maluco.

Engulhos no estômago

Sempre que me acontece alguma coisa importante, está ventando. Assim começa o livro que li nestes dias.

Lembra que meu avô prometeu uma surpresa? Pois é. Ele não tinha caducado, pelo menos não completamente... rsrs. Foi assim: a campainha tocou e eu fui atender. Já estava descendo as escadas, quando lembrei que precisava vestir minha máscara. Pois é, agora a gente usa máscara até para abrir a porta. Era entrega dos Correios e eu tinha que assinar um papel. A entrega era um pacote fininho em meu nome. Corri para abrir o pacote, mas antes enchi a embalagem de álcool. Agora tenho um *spray* aqui, sai mais barato do que o álcool gel e as coisas não ficam melequentas. A mãe da Carla foi quem inventou isso, é só comprar álcool 70, colocar na embalagem com *spray* e pronto.

O que tinha no pacote? Um livro. Um livro chamado *Ana Terra*. De um escritor chamado Erico Verissimo.

Na hora não entendi que o livro era a surpresa, pelo menos não de imediato, já fui direto lendo algumas páginas. Uma capa vermelha e amarela com uma árvore balançando ao vento. Gostei da capa, gostei do nome do livro. Achei bonito alguém ter o sobrenome Terra. Natália Terra, não ficaria bom?

Já de cara gostei dessa tal Ana Terra. Achei interessante um livro com nome de menina, os livros que conheço com nome no título são sempre com nomes de menino. Achei a vida da Ana parecida com a minha hoje em dia: tudo parado. Não gosto muito dessas histórias que se passam em outro século, mas o jeito da história era gostoso e eu fui indo. A Ana do livro tem a idade da tia Ju: 25 anos. Mas não tem namorado nem amigos, fica isolada com a família, pai, mãe e dois irmãos homens, num sítio bem distante de tudo. Então ela se parece mais comigo atualmente do que com a tia Ju. Só que a história se passa em 1700 e tanto, então nem TV eles tinham; nem celular, meu Deus! Isso é que é isolamento! E eu aqui reclamando do meu, só que eu posso falar o tempo todo com as pessoas e tenho amigos, por mais que não possa mais ver ninguém há quase dois meses.

Ana Terra vivia uma vida muito parada mesmo, eu imagino o desespero dela, a vontade de ver gente. Também lembrei da família da Carla ao conhecer a família da personagem porque a Carla também só tem irmãos homens (e são três!) e a mãe dela trabalha muito fora, já o pai só trabalha em casa mesmo. Então, sempre que vou lá estão os três irmãos dela mais o pai. E a casa da Carla vive cheia de meninos, amigos dos irmãos. Os quartos têm uma janela baixinha e a gente entra na casa pelas janelas, acho isso tão divertido! Senti que a casa da Ana Terra é assim também, um ambiente muito masculino. Mas tem uma diferença importante: enquanto a casa da Carla é uma alegria só, a casa da Ana Terra é triste. O tal do Maneco Terra, pai da Ana, é bem chato. Já o tio Paulo, pai da Carla, é muuuito legal. Eu tenho essa mania de ler os livros e ficar associando às pessoas e coisas que eu conheço. Depois que faço isso, complica porque imagino as cenas acontecendo em determinado lugar. Aí misturo tudo, às vezes minha cabeça dá um nó. O José e a Carla disseram que só eu mesma para fazer isso.

Já estava imaginando que não era coisa do meu pai esse livro. Ele gosta que eu leia, mas é pão-duro pra caramba. Quando meu avô me ligou, na quarta-feira, um dia depois que recebi o livro, eu atendi a videochamada e ele, antes de dar oi, boa-tarde, qualquer coisa, já foi me dizendo:

> *Ana não podia esquecer aquela cara... Estava inquieta, quase ofendida, e já querendo o mal ao estranho por causa das sensações que ele provocava. Era qualquer coisa que lhe atacava o estômago, dando-lhe engulhos; mas ao mesmo tempo tinha desejo de olhar para aquele mestiço, muitas vezes, por muito tempo, apesar de sentir que não devia, que isso era feio, mau, indecente. Veio-lhe à cabeça uma cena de seu passado. Quando tinha dezoito anos visitara com os pais a cidade de São Paulo e uma tarde, estando parada com a mãe a uma esquina, viu passar uma caleça que levava uma vistosa dama. Toda a gente falava daquela mulher na cidade. Diziam que tinha vindo de Paris, era cantora, uma mulher da vida... Ana sabia que não devia olhar para ela, mas olhava, porque aquela mulher colorida e cheirosa parecia ter feitiço, como que puxava o olhar dela.*[1]
>
> ERICO VERISSIMO

Eu já tinha lido essa parte e compreendia completamente a sensação que Ana tivera. Eu já me senti assim, com esse embrulho no estômago, quando estava perto de certa pessoa. Também já tinha ficado completamente encantada e sem conseguir parar de olhar para uma pessoa em algumas situações. Mas não ia dizer essas coisas para o meu avô, né?

O engraçado é que, quando li pela primeira vez esse trecho, acho que li "embrulho" no lugar de "engulho". Então precisei perguntar ao meu avô o que eram engulhos. No fim era muito parecido com embrulho mesmo e achei engraçado. Anotei "engulho" nas notas do meu celular. Vou tentar usar essa palavra na próxima vez que a Cris, minha professora de Português, pedir um texto. Eu gosto de experimentar palavras novas, mas às vezes eu acho que aprendi e uso de jeito errado depois. Só que acho que o risco vale a pena.

O que você está achando do livro, Natália? Estou gostando, vô. Você escolheu o livro porque a Ana também tem a vida parada como a minha agora, não é? Ele riu. Disse que não foi por isso que escolheu, mas que demorou para se decidir. Sabia por onde queria começar a viagem, mas não por qual livro. Viagem, vô? Que viagem? A nossa, minha filha. A nossa viagem pelos museus do país. Esqueci de contar isso: meu avô, quando encasqueta com uma coisa, ninguém no mundo é capaz de tirar ela da cabeça dele. Mas, vô, a gente não pode viajar. Nem sair de casa direito meu pai deixa, ele não vai deixar você me levar. Não se preocupe que, com seu pai, eu me viro, Natália. E essa será uma viagem diferente, andei pesquisando por aqui e fiz um roteiro. Humm... Diga. Enquanto ele me contava, empolgado, que nossa viagem já havia iniciado e que sairíamos do sul do país, a tia Maria trouxe um café com bolinho de chuva pra ele. E eu com saudade de ir lá tomar café com os dois. Eles moram tão pertinho da minha casa, eu ia pensando, dentro da cabeça, enquanto ouvia meu avô contar sobre "a viagem".

Confesso que fiquei um pouco decepcionada. Li no início do ano a história de uma menina que fez uma longa viagem de carro com os avós pelos Estados Unidos. A autora é de lá e, quando meu avô falou sobre viagem, por mais maluco que fosse, eu fiquei sonhando com a ideia de fazer mesmo uma viagem de carro com ele e a tia Maria pelo Brasil. Sabia que essa ideia era "uma viagem", que meu pai logo proibiria, mas fiquei fantasiando isso dentro da cabeça. Saca quando você sabe que a coisa é fantasia, mas mesmo assim dá corda pra ela dentro da cabeça? Eu sou campeã nisso.

Meu vô deve ter percebido o fiozinho de tristeza que passou pelos meus olhos, pois foi logo dizendo que, quando tudo isso passar, eu posso repetir a viagem e pegar a estrada. E você, vô? Eu não dou conta, minha filha. Quando tudo isso acabar, já nem sei se estarei mais por aqui. Meu avô fala como se a pandemia fosse durar dez anos, e isso me assusta. Vô, você acha que a pandemia vai durar quanto tempo? Ele riu. Não sei, Natália, não sou vidente. A última desse porte, a de 1918, durou dois anos, então calculo que seja por aí também. Vô, você acha que eu vou ficar até os 15 anos sem sair de casa?! Sem ir para a escola? Não, minha filha, uma pandemia tem seus altos e baixos, o problema é como as pessoas lidam com isso, e o Brasil meteu os pés pelas mãos, né, Natália? Mas você não vai ficar até os 15 anos presa dentro de casa, não se preocupe.

Eu juro que fiquei preocupada e até com um pouco de vontade de terminar logo a ligação para pesquisar se era verdade que a última pandemia tinha sido em 1918 e tinha durado dois anos.

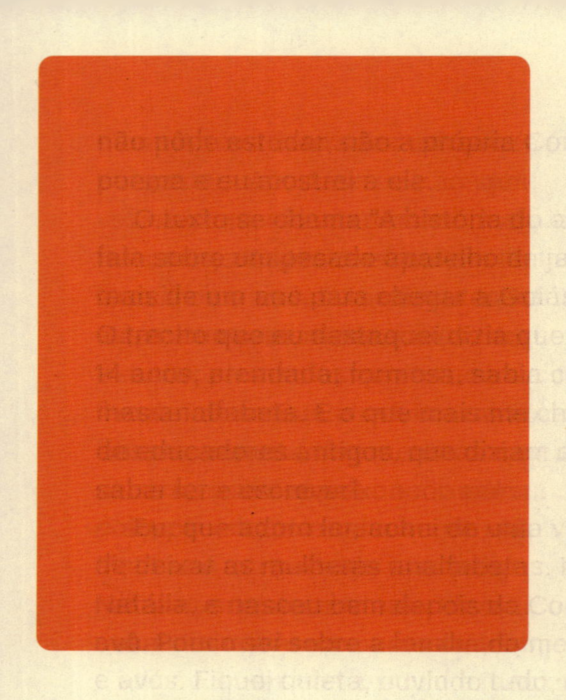

Socorro! Já pensou se meu pai me obriga a ficar dois anos presa dentro de casa?

Meu avô queria saber se eu já havia começado a ler e o que estava achando do livro. Disse a ele as minhas impressões. Quando falei da casa da Carla, ele disse que a família dela é muito esquisita. Onde já se viu, o homem ficar em casa e a mulher sair para trabalhar, Natália? Os dois trabalharem eu entendo, mas o homem cuidar da casa e a mulher trabalhar na rua... Faz sentido isso? É por isso que agora as pessoas se separam, Natália. Fiquei olhando para o meu vô e pensando que ele não entende nada da família da Carla. Não parece nem um pouco que seus pais vão se separar, muito pelo contrário! Mas, vovô,... Tentei dizer e não consegui. E fiquei com aquilo engasgado, um verdadeiro engulho. Não é chato quando alguém que a gente ama dá uma bola fora dessas? Por incrível que pareça, eu não disse nada. Se fosse meu pai que tivesse dito isso, eu rebateria de imediato, mas meu avô... Não consegui. Tenho dificuldade de discutir com ele.

Eu estava enredada nesse assunto, meio decepcionada com o que meu avô disse e também comigo, que não consegui reagir, quando ele desatou a falar do autor do livro e de nossa primeira parada: Casa e Museu Erico Verissimo, que fica na cidade de

Cruz Alta, no Rio Grande do Sul. O museu, Natália, é a casa onde o escritor nasceu e morou, no tempo em que as pessoas ainda nasciam em casa. Você nasceu em casa, vô? Sim, Natália, eu nasci, assim como minha irmã, como sua avó, Solange, e todos os irmãos dela, como sua vó, a tia Maria, e todos os irmãos dela. Todo mundo nascia em casa até pouco tempo atrás. Muito tempo atrás, né, vô? Muito pra você, Natália, pra mim passou num piscar de olhos. Por isso gosto tanto desse livro que você começou a ler. É um livro que fala sobre diversas gerações de uma mesma família. A vida passa num piscar de olhos, Natália, a gente nem se dá conta e já ficou velho. Então, vamos fazer assim: enquanto você vai lendo, nesses próximos dias, seguimos a conversa visitando dois museus que homenageiam o escritor da obra, tudo bem? Esse primeiro fica no município em que Erico Verissimo nasceu.

Meu avô havia se preparado para "essa primeira parada" com fotos do museu e fotos dos objetos do Verissimo. Enquanto ele me mostrava tudo isso, ia dizendo: Erico Lopes Verissimo nasceu em 17 de dezembro de 1905, em Cruz Alta (RS). Sol em Sagitário, Lua em Virgem, ascendente desconhecido. Além do signo solar em Sagitário, Erico tinha Vênus e Mercúrio nesse signo, este último retrógrado. Isso diz bastante a respeito da personalidade dele: inteligente, sagaz, pessoa que pensa demais, demais. Foi um adolescente que lia muito e era bastante sensível, tendo sofrido crises de claustrofobia nessa época. Nessa casa existe, há muitos anos, essa bonita árvore que você pode ver na foto, Natália. Ela foi muito importante na vida do menino Erico, acompanhando-o em suas leituras e em sua escrita. Nos livros dele, essa relação de um personagem com uma árvore que atravessa gerações também aparece.

Fui ficando cada vez mais interessada na vida e na obra do Erico. E fiquei pensando no trabalhão que meu avô teve pra planejar "essa viagem" toda. Me senti sortuda. Às vezes, confesso, sinto inveja da Carla, do tio Paulo, pai dela, sempre presente e compreensivo, da tia Sonia, mãe dela, sempre tão amorosa. Tenho inveja de várias coisas legais da casa deles, mas na verdade a inveja é de ter uma família assim, "normal", com pai e mãe. Mas tem horas em que eu percebo o quanto sou sortuda. Uma pessoa pode ser sortuda e azarada ao mesmo tempo?

Agora será assim. Enquanto essa quarentena durar, meu vô vai me mandar livros pra ler e vamos "visitar" esses museus sobre escritores. Será que vou ter lido toda a literatura brasileira quando essa pandemia acabar? Será que, quando acabar, eu ainda terei 13 anos? Sinto como se estivesse perdendo um pedaço da minha vida neste ano. Fiquei pensando nisso de ser sortuda, nunca havia percebido que minha vida era tão boa. E agora é tudo um tédio e uma solidão. Meu vô parece estar se divertindo com essa viagem, e confesso que eu mesma me empolguei quando ele me mostrou o original da primeira página do *Ana Terra*. O escritor tinha datilografado, mas feito correções com caneta vermelha. Até aumentei a foto para ver que mudanças ele tinha feito, o que havia cortado. É muito legal saber que uma história de que a gente gosta, que parece ter nascido pronta, foi escrita por alguém, não é? E que, com uma caneta, o escritor pode mudar completamente o rumo da vida dos personagens. É meio brincar de ser Deus, né? Disse isso a meu avô. Ele riu.

Está ventando

Terminei de ler *Ana Terra*. O livro me deixou muito impactada. Anotei várias coisas para conversar com meu avô e algumas para conversar com a Carla – não dá para conversar com meu avô sobre tudo –, além de outras para conversar com o José – não dá pra falar tudo para a Carla. É engraçado isso, pra cada pessoa a gente quer falar uma coisa, mas não pode falar outra. E existem coisas que a gente não consegue falar nem para a melhor amiga!

Algo que eu disse para meu avô é sobre as coincidências. Vô, toda vez que leio um livro na minha vida está acontecendo algo parecido. Por que será? Meu avô ficou sério e disse: isso é algo sobrenatural, um ser do além está sempre te seguindo e colocando livros no seu caminho. Sério, vô? Eu arregalei os olhos. E ele já estava

rindo. Não, né, Natália? Você que presta mais atenção em certas coisas quando lê. Como assim, vô? Ué, minha filha, você acha que todas as pessoas leem um mesmo livro da mesma maneira? Cada um lê com o que traz, com as próprias experiências. Uma mesma pessoa lê de maneira diferente o mesmo livro em momentos diferentes da sua vida. Fiquei olhando para a cara do meu avô na tela. Fazia sentido o que ele estava dizendo. Às vezes eu acho que ele deveria ter sido professor, e não advogado, porque ele explica as coisas muito bem. Acho que teria sido um ótimo professor, mas sei que ele também foi um grande advogado. Segundo meu pai, ele trabalhou muito a vida toda para poder ter uma velhice tranquila. Com 60 anos, se declarou aposentado e não quis mais saber de advogar. Faz mais de dez anos que a rotina do meu avô é ler na varanda, sair para caminhar, receber os filhos e netos no domingo, de vez em quando se sentar na praça da matriz pra bater papo e jogar baralho com os amigos.

Só lembro do meu avô assim, em casa. Não imagino ele de terno, brigando com as pessoas no escritório, feito alguns de meus tios. Meu pai me disse que muitos ficaram decepcionados por ele se aposentar, já que era um dos melhores, senão o melhor advogado da cidade. Também me contou que não foi um percurso fácil, que no início todo mundo torcia o nariz. Quando meu avô foi para a faculdade, ele era o único negro de sua turma e, em toda a faculdade, havia apenas mais um estudante negro.

A minha professora de Português, a Cris, disse que o livro é, sim, adequado para minha idade. Meu pai que insistiu para eu perguntar pra ela. Mostrei a ele um trecho que estava lendo, uma parte que eu não tinha entendido, e ele disse que meu avô me deu um livro muito pesado para a minha idade. Pergunte para sua professora, Natália, diga a ela que meu pai é meio doido e deu esse livro para você. A Cris adorou saber da viagem que meu avô e eu estamos fazendo. Disse que vai querer saber de todos os livros que ele escolheu. E também disse que a história da Ana Terra é densa, mas que não tem nada lá que eu não possa ler, ao contrário.

Meu pai ficou com cara de tacho quando eu contei a ele. Já meu avô ficou meio irritado com meu pai, pra variar. O dia em que Erico Verissimo for proibido na escola, acabou o país, minha filha. Fale para seu pai que a ditadura já acabou faz tempo.

Pra Carla eu quis falar sobre o capítulo 10 e meio, que não existe, no caso. Explico: a cena mais tensa do livro acaba sem a gente saber o que acontece. Isso no capítulo 10. Na verdade, a gente sabe o que acontece, né? Mas a cena acaba assim, com censura para maiores e menores. Então, agora eu emprestei o livro pra Carla (meu pai entregou para a mãe dela no hospital) porque nós queremos escrever o capítulo 10 e meio... Isso eu não disse a meu avô, claro. E nem sei como a gente vai escrever isso, mas ficamos empolgadas com essa ideia. Por que é que o escritor censurou a cena mais apimentada do livro?

Para o José, eu falei sobre o tal do Pedro Missioneiro. Tudo o que o narrador descreve sobre as coisas que a Ana sente parece que me toca, como se eu fosse a personagem. Lembra que eu disse que tenho mania de associar os lugares aos livros? Faço isso com pessoas também. Desde que li a primeira parte, o Pedro Missioneiro tem os olhos do Beto, a boca do Beto, a cara do Beto. José disse que eu estou apaixonada pelo Beto e eu juro que não sabia. Será? Perto dele, fico esquisita, perco um pouco o rumo, vai me dando uma coisa... Uma mistura de sentimentos. Ao mesmo tempo, uma vontade de ficar mais perto, mais perto,

mais perto e uma vontade de sair correndo. No começo do ano, estava com a tia Ju no *shopping*, toda descabelada, e tive o azar de encontrar com o Beto. Queria me esconder, mas não deu. Nem sei como ele me reconheceu, nunca tinha me visto assim tão desleixada. Fiquei arrasada. É muito azar sair de casa desarrumada demais e dar de cara com alguém que a gente não queria encontrar, né?

Não sei por que, mas não me sinto à vontade falando para a Carla que, quando leio as cenas do Pedro do livro, penso de cara no Beto. Achei melhor pular essa parte.

Com meu avô falei sobre o nervoso que passei com aquela cena da invasão do sítio onde vivia a família da Ana Terra. Olha que gosto de filmes com bastante sangue, ao contrário da Carla, mas nunca tinha visto nada tão violento. Não consigo imaginar como a Ana Terra pôde sobreviver àquela violência que sofreu. É como se uma parte dela tivesse morrido, aquilo lá é talvez pior do que matar uma pessoa, vô. Meu avô ouviu e concordou. É mesmo, Natália, é muito violento o que ela viveu. O mundo não era fácil para as mulheres naquela época. Fiquei pensando nesse "naquela época". Tem várias páginas que sigo na internet que dizem que a vida das mulheres não é fácil hoje também. Estava conversando com a tia Ju, e ela me disse que algumas mulheres exageram, que nós já conquistamos muita coisa. Mas tia Antônia falou que tia Ju só diz isso porque ainda não se casou. Eu não entendi muito bem a briga, sei que rolou um estresse no meio da tarde de domingo, isso antes da pandemia. Lembrei dessa cena quando meu avô falou esse "naquela época".

Também falei pra ele sobre a raiva que senti da Ana Terra em certo momento. Durante o livro todo, o narrador faz com que a gente goste dela, e eu gostei dela, sofri com ela, torci por ela, tive raiva por ela, mas aquilo de enterrar o homem negro sem saber se estava vivo ou morto, achei uma coisa horrorosa. Ela nem voltou para ver, vô. Ele era um homem escravizado, Natália. Mas, vô, você não acha que ela deveria ter voltado correndo para desenterrá-lo? Acho, Natália, claro que acho, e fico bem feliz por ouvir você indignada, mas muita gente naquela época achava que as pessoas negras valiam menos, muitos agiam como se os negros valessem menos. Nossa, vô! Mas era um homem... Que talvez tenha sido enterrado vivo! Pois é, Natália, já houve um tempo em que, para muita gente, um homem negro e um bicho

tinham o mesmo valor. Vô, acho que se fosse um bicho, ela voltaria. Meu avô ficou com os olhos molhados. Eu também. Ele ficou em silêncio olhando para mim. E eu fiquei pensando se isso tudo o que ele disse realmente tinha acabado. Pensando em tudo o que está acontecendo agora nos Estados Unidos, por causa da morte de George Floyd, em todas as páginas que eu sigo... Tantas vozes precisando ainda dizer que "Black lives matter" (Vidas negras importam). Será mesmo que mudou alguma coisa, vô? Meu avô me respondeu com um silêncio ainda mais longo e dolorido.

Natália, fiquei em silêncio esse tempo todo pensando... Há um episódio ainda mais pesado no livro em relação aos homens negros escravizados. Fico imaginando como você se sentiria se lesse o livro todo. Vô, eu li o livro todo! Não, Natália, você leu só uma parte. Li o livro todo, vô. E tem parte que li mais de uma vez. Não, Natália, *Ana Terra* é parte de um livro bem mais extenso, que conta toda a saga dos Terra e dos Cambará. Bem maior, vô? Bem maior quanto? Ah, Natália, bem mais de duas mil páginas! Fiquei impressionada. Achei que esses livros de saga fossem novidade, coisa da minha época. Sagas novidade, Natália? O que as novas gerações inventaram? A gente não inventa coisas, apenas recria. Ah, vô, disso eu discordo. Tomei coragem e falei algo que estava meio engasgado desde a última ligação. Eu acho que a minha geração tem coisas para ensinar para a do senhor, sim. Meu avô sorriu. Percebi um brilho nos seus olhos. Disse depois que eu deveria ter razão. Fiquei doida de vontade de ler o livro todo, mas meu avô já queria seguir viagem. Eu ficaria lá no Sul até ler tudo. Vô, só me responde: essa situação de violência que você disse foi a Ana Terra quem causou? Porque eu achei estranho, ela viveu tantas coisas violentas, mas não percebe a violência que ela cometeu ao não conferir se o homem tinha morrido, vô. Não foi a Ana Terra, não, Natália. Foi o filho da neta dela, ou melhor, o bisneto dela. Bisneto dela? Eu disse, Natália, o livro todo é a história de várias gerações de uma mesma família. Mas o bisneto dela matou um homem negro, vô? Não matou, mas ajudou a matar. Ajudou? Como assim? Não ajudou com as mãos, minha filha, mas com a boca. Grande parte dos assassinos não suja as mãos, Natália. Fiquei impressionada com essa fala do meu avô. Porque sei que é verdade, meu pai vive dizendo isso, essa gente que posa de boazinha, mas que é responsável por um monte de mortes. Meu pai anda revoltado com a pandemia, mais do que já era. Acho que, na vida toda, é só no assunto "política" que meu pai e meu avô concordam. E olhe lá. Vô, como é o nome desse livro imenso de tantas páginas? *O tempo e o vento*, Natália.

Sempre que me acontece alguma coisa importante, está ventando. A frase saiu da minha cabeça direto para minha boca, sem eu nem perceber. Meu avô sorriu.

Tez de cor azeitonada

Chegou um novo pacotinho aqui em casa. A capa dessa vez não me chamou a atenção, senti falta de uma imagem. Depois de ler o título do livro, até procurei na internet alguma imagem, queria saber se havia outra capa. E havia muitas. Fiquei um tempão só brincando de entender as capas e o título. *Recordações do escrivão Isaías Caminha*, um nome longo e diferente. Confesso que eu gosto muito de capas, sempre que vou escolher um livro na escola, quando a professora de Português me deixa entrar naquela salinha entulhada de livros, eu escolho pela capa e pelo título. Meu pai me disse que, quando ele era criança, havia uma grande biblioteca na cidade, que ele podia andar entre as estantes... Falou que tinha uma carteirinha com sua fotografia e que meu avô o levava todas as semanas para escolher livros. Era uma alegria. Depois aquele espaço virou uma igreja – como está até hoje. Já ouvi essa história 1 500 vezes, mas, ao contrário de outras que ele repete (meu pai sempre conta as mesmas histórias), quando ele conta essa eu presto atenção. Aquele mesmo lugar grande e espaçoso foi, no tempo do meu vô, um cinema, depois virou biblioteca e, há uns 15 anos ou mais, virou igreja. Meu pai contou que, quando isso aconteceu, em sua adolescência, mudaram a biblioteca para um lugar horroroso, apertado, sem janelas. E que ele não podia mais passear por entre as estantes, tinha de pedir o livro à bibliotecária, como se fosse um cardápio de restaurante. Como é que alguém sabe o que quer ler antes de mexer nos livros? Eu queria pegar nos livros, folheá-los, ver a capa, o título, ele conta. Ir à biblioteca não é ir a uma lanchonete, né, Natália? Eu concordo. E fico pensando que a minha cidade era muito mais legal antes: já teve cinema, já teve biblioteca boa e grande... Como é que pôde andar para trás?

Uma das capas mais interessantes era uma em que um homem de terno sem cabeça segurava um jornal. Fiquei curiosa para entender por que ele não tinha cabeça. Muitas editoras publicaram esse livro. Achei esquisito haver tantas publicações. Então meu avô me explicou que essa obra já está em domínio público porque faz mais de 70 anos que seu autor, o Lima Barreto, faleceu. Por isso muitas editoras lançam o livro. Depois que comecei a ler a história, achei que poderia haver outras capas muito mais interessantes do que as que existem. Falei isso quando ele fez a videochamada para saber se eu tinha recebido o livro, se já tinha começado a ler... Então ele me disse que não devemos escolher livros pela capa. Disse, inclusive, que isso é um dito popular, "Não julgue um livro pela capa", e significa que devemos pensar no conteúdo das coisas, das pessoas, e não na beleza exterior. Eu discordo, vô. Foi o que eu disse. E ele arregalou os olhos. Como assim, Natália? Eu gosto muito das capas, tiro até foto das minhas capas preferidas. Concordo que não devemos pensar só na beleza externa, mas eu continuo gostando das capas de livros. Não chegamos a um acordo, mas eu fiquei feliz de conseguir dar minha opinião. Sempre tive dificuldade de contrariar meu avô, mas agora estamos ainda mais próximos e estou conseguindo falar também o que penso sobre as coisas.

Poucas vezes na vida vi meu avô tão entusiasmado ao falar sobre um livro, sobre um autor. Afonso Henriques de Lima Barreto nasceu no Rio de Janeiro e é para lá que vamos agora, Natália. Ah, se essa viagem fosse de verdade..., foi o que eu disse. Estava pensando no mar, nas praias... Não conheço o Rio de Janeiro, só pela televisão, e adoraria conhecer a cidade... Meu avô me cortou: Natália, é de verdade a nossa viagem. Eu ri. É, sim, vô, continue. Lima Barreto nasceu em 13 de maio de 1881, uns anos antes do fim da escravidão. Nasceu com Sol em Touro e havia ainda vários planetas no mesmo signo: Mercúrio, Vênus, Júpiter e Saturno, todos em Touro. Mas a Lua, Natália, a Lua de Barreto era em Escorpião, uma lua em queda. Noventa por cento do que meu avô diz quando desata a falar de astrologia eu não entendo. Dessa vez eu quis entender: e o que isso significa? Que ele tinha uma grande sensibilidade e também que sofria bastante.

Era um menino negro, mestiço, assim como você, Natália. "Assim como você, Natália" foi uma frase marcante para mim. Eu havia me identificado com uma cena do livro e já queria falar sobre ela com meu avô. Confesso que achei o livro mais difícil do que o anterior, mas logo no início a narrativa me prendeu. Primeiro motivo: Isaías queria sair da cidade onde nasceu, que ficava no interior do estado do Rio. Desde que Teresa foi morar na capital do estado e voltou cheia de ideias novas, roupas novas, amigos novos, eu também fiquei interessada em ir para

outro lugar quando crescer. Teresa é muito estudiosa, eu não sou tanto assim. Tiro notas boas em algumas disciplinas e razoáveis em outras, mas estou disposta a estudar bastante no Ensino Médio para sair daqui. Disse isso a meu avô quando me pediu para falar sobre minhas impressões iniciais do livro. Ele me ouviu em silêncio e, em seguida, respondeu: Natália, sair da cidade natal tem suas vantagens e suas desvantagens. Quais desvantagens, vô? Eu só vejo vantagens... Converse com Teresa sobre isso um dia, Natália. Acho que você deveria estudar fora, você é uma menina muito inteligente, mas também acho bem triste a cidade perder você. Como assim me perder, vô? Teresa vem quase todo fim de semana pra cá. Mas ela não volta mais a viver aqui, Natália, não há espaço pra ela atuar na cidade. Acho tudo isso muito triste, meus netos indo embora daqui. Eu amo muito esta cidade, Natália. Vô, meu pai disse que foi bem complicado pra você se estabelecer em sua profissão, ser respeitado... Foi sim, Natália, mas eu nasci aqui, aqui minha família materna e paterna fincou raízes. E por aqui estavam pessoas que me amavam. Você está dizendo que eu vou enfrentar, assim como Isaías, muito preconceito se me mudar? Não, Natália, preconceito a gente enfrenta em todos os lugares deste país. Estou dizendo que eu não teria apoio, assim como Isaías, se quisesse mudar para a capital. Já você tem nós todos, sua família. Não somos ricos, mas também não somos pobres. Lembrei do meu pai, da confusão que ele faz com dinheiro, e não me senti muito segura disso, mas dessa vez não falei nada porque meu pai e meu avô já tinham suas desavenças, eu não ia botar mais lenha na fogueira. A maior parte da família está mesmo bem financeiramente, só o meu pai que não, mas também nunca passamos dificuldades sérias. Meu avô gostaria que meu pai tivesse cursado Direito, assim como ele, mas meu pai não quis. Acho que vem daí o início da briga deles.

Meu avô seguiu falando apaixonadamente sobre o livro. Contou a história de vida do Lima Barreto, e eu a achei muito triste. Ao mesmo tempo, me identifiquei bastante com ele, já que a mãe dele morreu quando ele era pequeno. Eu sempre tenho um pouco de inveja, confesso, das pessoas que perderam a mãe. Não, não desejo que minha mãe morra onde quer que ela esteja, mas é muito mais fácil explicar para as pessoas que sua mãe morreu do que explicar que ela simplesmente foi embora. Algumas vezes já desejei que ela morresse mesmo, mas depois senti culpa. Lima Barreto, autor do livro, perdeu a mãe aos 6 anos. E era uma mãe professora, que o alfabetizou, superdedicada a ele. Minhas tias dizem que minha mãe sempre foi ótima mãe antes de ir embora, o que torna tudo ainda mais difícil de entender. Minha tia Isabel, única tia mulher do primeiro casamento do meu avô, um dia disse algo assim: ela foi embora porque é branca, isso que dá casar com mulher branca. Alguém rebateu que tia Maria também era branca e nunca tinha ido embora, não. Tia Isabel disse então que tia Maria era mestiça, e que isso era bem fácil de perceber, só um míope não via. Essa cena deve ter uns dois anos? Três? Não lembro, mas lembro que eu era menor. E lembro que minhas outras tias ficaram preocupadas comigo. Branca, branca. Foi o que ficou da minha mãe na cabeça. Será que foi por isso que minha mãe foi embora? Chorei no colo da tia Ana. Ela me disse: Natália, não liga para a Bel não, ela, assim como você, está magoada. Ela e sua mãe eram muito próximas. Sua mãe te amava, te ama muito, menina, mas as coisas são muito complexas pra você entender. Se nem nós entendemos... Mas, desde aquele momento, o nozinho ficou dentro do meu peito.

Passou tudo isso na minha cabeça quando meu avô contou a história do Lima Barreto. Eu tinha separado uma cena que havia me impactado muito e quis mostrar para ele. Disse que já havia me sentido assim uma vez. Esta é a cena que me sensibilizou bastante:

> *O trem parara e eu abstinha-me de saltar. Uma vez, porém, o fiz; não sei mesmo em que estação. Tive fome e dirigi-me ao pequeno balcão onde havia café e bolos. Encontravam-se lá muitos passageiros. Servi-me e dei uma pequena nota a pagar. Como se demorassem em trazer-me o troco reclamei: "Oh! fez o caixeiro indignado e em tom desabrido. Que pressa tem você?! Aqui não se rouba, fique sabendo!" Ao mesmo tempo, a meu lado, um rapazola alourado reclamava o dele, que lhe foi prazenteiramente entregue. O contraste feriu-me, e com os olhares que os presentes me lançaram, mais cresceu a minha indignação. Curti, durante segundos, uma raiva muda, e por pouco ela não rebentou em pranto. Trôpego e tonto, embarquei e tentei decifrar a razão da diferença dos dois tratamentos. Não atinei; em vão passei em revista a minha roupa e a minha pessoa. Os meus dezenove anos eram sadios e poupados, e o meu corpo regularmente talhado. Tinha os ombros largos e os membros ágeis e elásticos. As minhas mãos fidalgas, com dedos afilados e esguios, eram herança de minha mãe, que as tinha tão valentemente bonitas que se mantiveram assim, apesar do trabalho manual a que a sua condição a obrigava. Mesmo de rosto, se bem que os meus traços não fossem extraordinariamente regulares, eu não era hediondo nem repugnante. Tinha-o perfeitamente oval, e a tez de cor pronunciadamente azeitonada.*[2]
>
> LIMA BARRETO

Vovô ficou emocionado quando li para ele. E quis saber em que situação eu fui tratada assim. Contei a ele de uma viagem que fiz com uma das minhas primas, e uma tia dela me tratou com desdém, pediu que eu servisse um dos amigos dela. Não pediu isso para mais nenhuma criança, só pra mim. Vovô ficou bravo, perguntou por que não contei isso a ele antes. Eu respondi que era pequena e que não me lembrava mais disso, mas que a leitura dessa cena do livro despertou essa memória em mim. O racismo é violento, Natália. Tão violento que esse livro que estamos lendo foi por anos desconsiderado pela crítica. Diziam que era um livro de lamúrias, em que o autor e o protagonista eram muito próximos. Eu tinha percebido, enquanto meu avô falava do autor, que Isaías e Lima eram mesmo bastante parecidos. Agora, Natália, está em alta isso aí de falar da própria vida na literatura, tem até nome:

autoficção. Na época, disseram que era defeito. Só quando lançou outro livro, considerado sua obra-prima, Lima Barreto foi reconhecido. Então ele chegou a fazer sucesso como o Erico Verissimo, vô? Nada, Natália, só foi fazer sucesso depois que morreu, e ainda hoje não tem o reconhecimento que merece. Lima Barreto foi um dos maiores escritores do Brasil, apesar de ter vivido apenas 41 anos. Nossa, vô, que triste! Era mais novo que o meu pai quando morreu. Do que ele morreu? De racismo, Natália, morreu de racismo. Foi assassinado, feito George Floyd? Não, Natália, racismo mata de diversas maneiras. Lembra que te falei isso quando lemos Verissimo? Aliás, esse livro já estava na lista, mas quis trazê-lo na sequência por causa do início da nossa viagem. Achei que você gostaria de conhecer Lima Barreto. Então, meu avô me mostrou fotos do autor, fotos da cidade, dos bairros onde ele morou. Foto da mãe. Quis saber onde estava o museu dele e não existe museu sobre ele. O Brasil trata muito mal seus escritores, sua história e sua memória, Natália. Contou que fez uma pesquisa para a nossa viagem e descobriu que uma das casas onde ele morou foi demolida, apesar do empenho de um pesquisador em tentar conservá-la. Uma das casas onde ele viveu, na Ilha do Governador, ainda está de pé, mas fica no terreno da Força Área Brasileira e é preciso autorização para visitá-la. Meu avô também me mostrou fotos de dois bustos de Lima Barreto, um na Ilha do Governador, construído 13 anos depois de sua morte, e outro, esculpido em 2011, na Rua do Lavradio, no centro do Rio, exatamente no ano em que se comemoravam 130 anos de seu nascimento. Mas não pense que foram as autoridades que convidaram artistas para criar essas obras, Natália. Nada. Ambas são de responsabilidade de grupos de intelectuais e artistas. Fiquei triste por não haver um museu, queria ver a letra do Lima Barreto, queria conhecer um lugar em que suas coisas estivessem reunidas. Visitamos dois espaços com a obra do Verissimo. Por que não existia ao menos um sobre Lima Barreto? Disse isso ao meu avô. Então, ele falou que tinha uma surpresa e me mostrou a Biblioteca Nacional. Primeiro, vimos a fachada, depois algumas salas. Achei a biblioteca maravilhosa e desejei muito um dia entrar naquele espaço! Depois meu avô me mostrou vários documentos de Lima Barreto disponíveis nessa biblioteca: manuscritos, cadernos de notas, cartas, bilhetes (tinha um que foi escrito por sua irmã e falava que ela leu o livro que ele havia enviado. Confesso que foi o único que consegui entender, a letra do Lima Barreto era terrível). Fiquei pensando que, se algum dia eu ficar famosa e alguém pegar meus cadernos, não entenderá minha letra... Me identifiquei ainda mais com o Lima Barreto.

Algo que me chamou a atenção naquele trecho que mostrei ao meu avô foi a diferença de tratamento entre duas pessoas por causa das diferenças do tom da pele e da cor do cabelo. A pele do protagonista era cor de azeitona e ele foi mal atendido, já o outro cliente era loiro. Carla e eu já percebemos que as meninas loiras são sempre as mais queridinhas dos professores. Aquelas que sentam na frente, estão sempre arrumadinhas, têm a letra bonita e respondem tudo o que eles perguntam, então, nem se fala. Carla é superestudiosa, mas não recebe esse tratamento na escola dela, não. Eu achava que era um pouco implicância e inveja nossa, mas, ao ler esse livro, comecei a perceber que temos razão ao nos sentirmos assim. Nós não estudamos juntas. Eu estou há uns anos numa escola particular e Carla está numa escola pública, mas mesmo assim sentimos a mesma coisa. Meu avô me contou que Lima Barreto era corajoso, criticava tudo o que via de errado e foi por isso mesmo que não ganhou o espaço que merecia. Senti orgulho dele, achei muito triste a história de sua vida, mas fiquei bastante orgulhosa por ele ter sido tão forte e corajoso. No ano que vem, vai fazer 140 anos que ele nasceu, e ele merecia uma grande festa. Meu avô me disse que ler Lima Barreto foi fundamental para ele entender o Brasil, entender a realidade que viveu ao ser um dos únicos negros na Faculdade de Direito e entender todas as suas dificuldades na vida. "Para entender o Brasil"... Fiquei pensando nisso.

Muito negro, muito estrelado

Dei para pesquisar sobre astrologia. Meu avô reagiu bem ao meu interesse e já se propôs a me emprestar dois livros. Mal sabe ele a origem do meu interesse... Dia desses, o pessoal da casa da Carla, ela, os irmãos e os amigos dos irmãos fizeram uma chamada de vídeo em grupo e me convidaram. Eles tentaram tocar e cantar uma música e foi um desastre. Por mais que estejamos na mesma cidade, a conexão é diferente e fica tudo atrasado. Resolvemos então cada um, por sua vez, tocar e/ou cantar. Eu não quis cantar, né? Eu só canto quando é com o grupo, sozinha não. Resolvido esse problema, foi uma alegria só, eu estava com muita saudade deles. O Nando, irmão mais velho da Carla, cantou uma música bonita do Fundo de Quintal, e eu juro que quase chorei.

Quase todo mundo ficou emocionado também. A música fala justamente de os grupos não se encontrarem mais por qualquer desafio ou problema, mas diz que daremos um jeito de continuar. De todos os meninos, ele é quem canta mais bonito. Até tia Sonia apareceu na chamada, toda emocionada. Os meninos tentaram disfarçar (por que será que quase todos os meninos têm essa vergonha de chorar na frente dos outros?), mas mal conseguiram.

Está todo mundo com saudade do quintal da casa da Carla, da piscina de plástico, de tocar e cantar juntos, de entrar na casa pela janela. Pouca gente na cidade está respeitando a quarentena, então eu acho que se não fosse o fato de a tia Sonia trabalhar no hospital e ser muito firme, todo mundo estaria se encontrando. Ninguém se vê direito desde março, por isso aquela cantoria foi emocionante.

O mais legal dessa coisa *on-line* é que ninguém sabe para onde a gente está olhando, digo isso porque não tirei os olhos do Beto. Ele foi um dos que tentou disfarçar o choro, mas os olhos ficaram vermelhos, não teve como. Fiz até *print*.

E o que a astrologia tem a ver com tudo isso? Em certa hora, começaram a falar de quem fazia aniversário. Cantamos parabéns para a Thaisinha, irmã caçula do Vítor, que sempre está na casa da Carla também. Ela completou 9 anos. Carla então começou a falar de astrologia, signos, personalidade, como se entendesse tudo da coisa. Não sei por que fiquei irritada com ela, mas eu fiquei, confesso. A certa altura, perguntaram o signo do Beto e ele disse: Gêmeos. Carla fez seus comentários sobre Gêmeos. E minha irritação cresceu. Em toda minha vida, nunca tinha visto meu avô falar de astrologia assim, desse jeito. Então, bem na hora em que ela falou sobre o Beto, eu quis discordar. Tinha olhado um *site* aqui rapidinho e falei outras coisas sobre Gêmeos. Beto gostou mais da minha análise, sorriu. E eu senti um arrepio correndo pelas costas.

Ficamos um tempão nessa conversa, eu sempre consultando o *site* disfarçadamente.

Fiquei com vergonha quando meu avô me ofereceu os livros sobre astrologia, mas não neguei o empréstimo. Estava bastante interessada no signo de Gêmeos. No momento em que meu avô me ligou para continuar a conversa sobre o Lima Barreto e o Isaías Caminha, me achou um pouco distraída. Por isso contei a ele que estava interessada em astrologia, sentindo aquela culpinha por estar mentindo para meu avô. No fundo eu sabia que não tinha interesse algum em astrologia, tinha interesse no Beto. Nos olhos do Beto, na boca do Beto. Gêmeos... Lembrei que meu avô era de Gêmeos também e achei divertida essa coincidência. Precisei procurar nas redes a data de nascimento do Beto, e olha que coincidência maior ainda: os dois nasceram no mesmo dia!!! Na hora me empolguei e mandei uma mensagem para o Beto contando isso. Depois é que percebi que ele notaria que procurei a data de nascimento dele, mas não tinha mais o que fazer, e o pior, ele já havia visualizado a mensagem. E, pior ainda, estava digitando uma resposta! Meu coração começou a bater tão depressa que achei que teria um treco. E assim começamos uma conversa sobre signos, destinos, vida, pandemia, escola, casa da Carla...

Logo que meu avô me disse que eu estava distraída, me concentrei. Afinal, eu aguardava há um tempo aquela nossa conversa sobre o livro, porque no dia combinado não tínhamos nos falado. Tia Maria havia passado mal, e meu avô ficou aflito em casa. Proibido pelos meus tios e pelo meu pai de acompanhar a esposa ao hospital, ele ficou desorientado. Tia Ana a acompanhou e deu tudo certo. Não era nada muito sério, mas meu avô não tinha a menor condição de falar sobre livros

naquele dia, claro. A família inteira, aliás, ficou toda preocupada. Como tia Maria é um pouco mais jovem do que meu avô e sempre teve a saúde boa, os maiores cuidados sempre foram com ele, que tem algumas questões de saúde. Está todo mundo sensível neste ano, e a ideia de a tia Maria passar mal deixou meus tios tensos. Tanto que foram todos lá naquele dia, mas ficaram do lado de fora acenando para ela pela janela. Acho que a tia Maria se sentiu querida com aqueles oito chorões lá fora olhando pra ela.

Assim, quando meu avô disse: “Natália, como você está distraída hoje”, me esforcei para voltar ao livro. Eu adorei o livro, vô. Do que você gostou? De várias coisas... Da maneira com que o narrador descreve a paisagem da cidade, das ruas... Tão gostoso de ler! E esse livro foi escrito há mais de cem anos, Natália, você imagina isso? Eu achei algumas palavras difíceis, vô. No começo procurava tudo no dicionário, depois desisti, senão não conseguia ler direito. Ele riu. Mas você disse que a leitura é fácil! Não é esquisito, vô? A leitura é fácil, mas tem um monte de palavras que eu não conheço. O livro foi escrito há 112 anos, Natália, o estranho seria se não tivesse um monte de palavras que você não conhece.

Li para ele duas das descrições que eu destaquei:

Quando refletia assim, era tarde e, da janela do meu quarto, eu via bem a cortina de montanhas desde Santa Teresa ao Andaraí. O sol descambara de todo e a garganta da Tijuca estava cheia de nuvens douradas. Um pedaço do céu era violeta, um outro azul e havia mesmo uma parte em que o matiz era paramente verde.

[...]

O mês de maio tinha começado naquele ano com particular doçura. Eu que já tinha mais de dois anos de Rio de Janeiro, nunca o vi tão formoso, tão primaveril e nunca assisti a manhãs tão lindas e azuis. Fazia uma temperatura carinhosa e eu olhava as nuvens, as montanhas e as árvores sob uma luz aveludada. A terra era todo um estojo macio e tépido, feita especialmente para viver do nosso corpo.[3]

LIMA BARRETO

Meu avô achou curioso, de tanta coisa que eu poderia destacar, eu falar justamente da descrição da paisagem. Ah, vô, eu tenho muitas outras coisas pra falar, mas gostei bastante das descrições que ele fez das paisagens, fiquei com vontade de conhecer aqueles lugares. Que nem existem mais, né, minha filha? Não existem? Fiz uma cara triste. Não existem mais como eram antes, afinal o homem interfere muito na paisagem, mas o Rio de Janeiro continua lindo, Natália. Lindo e triste, como todos os lugares deste nosso país atualmente. Senti meu avô bem triste nessa conversa. Só à noite soube o motivo: um grande amigo do vovô morreu de covid. Ele escolheu não me falar sobre isso.

O que mais te impressionou no livro, Natália? Ele quis saber. A conversa sobre os jornalistas, vô. Você tinha razão, esse autor é feroz em suas críticas. Feroz e verdadeiro, Natália. Ele expõe assim, a seco, todas as nossas mazelas: o racismo, a violência, a vida dos excluídos, dos marginalizados, a corrupção do governo e da mídia... Critica ainda os gramáticos puristas. E o mais importante para mim, que sou advogado: Lima Barreto mostra em sua obra uma profunda desilusão com a Justiça. Você imagina o impacto desse livro na minha formação, como estudante negro de Direito? Isaías Caminha queria ser doutor, né, vô? E todos te chamam de "doutor" na cidade. Me dizem assim: você é neta do doutor João? É uma maneira mais antiga de chamar médicos, advogados e engenheiros, Natália, mas confesso que gosto de ser chamado assim. Nunca, no entanto, esqueci minhas origens, minha filha, e não acho que diploma, profissão e dinheiro fazem a dignidade de um homem. Tem como não amar um avô desses?

Quando cheguei ao fim do livro, vi uma descrição do céu que me lembrou muito do meu vô e de sua relação com o Universo:

> *Antes de entrar, olhei ainda o céu muito negro, muito estrelado, esquecido de que a nossa humanidade já não sabe ler nos astros os destinos e os acontecimentos.*[4]
>
> LIMA BARRETO

Gostei desse trecho por dois motivos. Primeiro, achei bem bonito ele dizer “céu muito negro, muito estrelado”. Não sei se foi intencional, vô, disse a ele quando me fez perguntas, mas em um livro que fala tanto sobre racismo, com tantas cenas doloridas que me fizeram até chorar, como quando ele foi preso injustamente ou quando foi maltratado ao conseguir um emprego melhor no jornal, ou ainda quando os jornalistas falavam com desprezo das pessoas negras, ele terminar o livro dessa forma... Pensei assim: somente quando o céu está muito negro é que podemos ver as estrelas. Não é bonito? Lindo, Natália. E qual é o segundo motivo? Ué, vô. Os astros, as estrelas, os destinos... Achei esse Isaías bem parecido com o senhor.

Ele sorriu como se tivesse recebido um grande elogio. Você sabe, minha filha, que eu não me lembro de ter percebido isso quando li esse livro? Percebi só agora nessa nova leitura. Com tanta coisa que esse livro fez por mim e faz até hoje, não havia notado antes. Bonita essa descrição do céu no final, não é? Como é interessante reler um livro!

Os velhos preconceitos

Uma das coisas mais deliciosas desta quarentena infinita tem sido receber livros em casa. Eu nunca havia recebido livros assim. Sempre pego na escola, alguns na casa dos meus tios, do meu vô. Também já ganhei livro de presente, mas nunca assim: livro-presente que chega em casa. Cada vez que toca a campainha (e ela nunca toca por outro motivo), eu desço correndo as escadas, entusiasmada, penso em qual será a próxima surpresa.

Dessa vez a surpresa foi grande. Um livro cheio de pequenas imagens em quadradinhos. Tanto o título do livro quanto o nome da autora são pura poesia: *Poemas dos becos de Goiás e estórias mais*, de Cora Coralina. Que nome bonito: Cora Coralina! Parece uma frase, parece um poema. Nos quadradinhos, fotografias de uma mulher bem idosa, uma estátua de uma mulher idosa, aparentemente a mesma, e imagens de cidades com construções antigas. Em uma das fotos, a imagem de um beco, uma ruazinha bem estreita. Pelo título, percebo que são imagens de Goiás! Vou correndo mexer nas páginas do livro, procurando as tais "estórias", os poemas, as palavras de Cora.

Na primeira ligação do meu avô, eu já quase tinha engolido o livro todo num gole só. Está certo que ando bem ansiosa e esses momentos de leitura e de conversa estão me ajudando a ficar mais tranquila. Tenho falado com Beto todos os dias, e ele anda insistindo para nos encontrarmos na praça, em qualquer lugar da cidade. Eu desconverso, não sei mais o que fazer, que desculpa arrumar. Fica parecendo que eu não quero encontrá-lo, e isso não é verdade...

Natália, diz meu avô, escolhi nossa próxima parada pensando nos seus gostos. Percebi que gosta de paisagens, percebi também um viés poético no seu olhar. Cá estamos nós agora em Goiás, acompanhados dessa senhora da poesia, a Cora Coralina.

Acho que meu avô nunca foi muito da poesia, é fissurado em narrativas, e eu também amo narrativas, mas ele tem razão, a poesia mexe comigo. Ao contrário do Lima Barreto, a Cora Coralina, nossa, tem um museu lindo sobre a obra dela. Um museu na casa da ponte, um museu onde ela nasceu e para onde retornou na velhice.

Uma velhice comprida, Natália. Afinal, ela morreu com 95 anos! Igualzinho o senhor, vô. O senhor não está autorizado a morrer antes dos 95! Ah, minha filha, não faça isso comigo não. Com 95 anos, eu estaria fazendo hora extra na Terra. Eu ri. Lembrei que quando morreu a mãe da tia Maria, a bisa Úrsula, e eu não parava de chorar, ele me abraçou e disse: mas, minha filha, pra que tanta lágrima? A bisa estava fazendo hora extra na Terra. Essa fala das horas extras me lembra duas coisas. Uma delas é o trabalho dele. Por décadas ele também defendeu os interesses dos trabalhadores. A outra coisa que me vem quando ele diz isso é como meu avô é complexo. Ele odeia igrejas e religiões, se diz ateu com muito orgulho, mas fala coisas como essa das horas extras. Ué, se está fazendo hora extra aqui, quando morre vai pra onde? Pra lugar algum, ele diria, talvez.

Fiquei encantada com o museu. O *site* do museu é maravilhoso, tem mil coisas sobre a Coralina, meu avô foi me mostrando... E tem a possibilidade de uma viagem virtual. Que demais, vô! Está vendo, Natália, como não foi apenas eu que tive essa ideia de viajar aos museus sem sair de casa? Aliás, nem se quiséssemos poderíamos ir lá pessoalmente agora. Por causa da pandemia, o museu está fechado.

Fiquei encantada. No *site* dá para conhecer o museu com a imagem em movimento em 360 graus. A casa da Cora fica ao lado de um rio, o Rio Vermelho, que foi de onde ela tirou esse nome: Cora Coralina, que significa "coração vermelho". Natália, o nome dela verdadeiro é Ana Lins dos Guimarães Peixoto Bretas, meu avô me disse. Que nome comprido!, eu respondi. E ela estudou apenas dois anos na escola. Mas por quê, vô? A família dela era muito pobre? Muito pobre não, Natália, mas naquela época as mulheres quando estudavam era pouco. Fui ficando indignada. Que mundo mais horrível esse que não permite que as mulheres estudem! Eu havia separado um trecho de um poema que me impressionou e falava sobre isso, mas achei que era apenas a avó de Cora que não pôde estudar, não a própria Cora. Meu avô quis ler esse poema e eu mostrei a ele.

O texto se chama "A história do aparelho azul-pombinho" e fala sobre um pesado aparelho de jantar chinês que levou bem mais de um ano para chegar a Goiás, numa longa viagem. O trecho que eu destaquei dizia que a avó de Cora era, aos 14 anos, prendada, formosa, sabia como governar uma casa, mas analfabeta. E o que mais me chamou a atenção foi a fala de educadores antigos, que diziam que não era virtude mulher saber ler e escrever!

Eu, que adoro ler, achei de uma violência sem tamanho isso de deixar as mulheres analfabetas. Minha mãe era analfabeta, Natália, e nasceu bem depois da Cora Coralina, disse meu avô. Pouco sei sobre a família do meu vô, sobre seus pais, tios e avós. Fiquei quieta, ouvindo tudo, como quem recebe um grande presente.

Ele me contou que o pai dele também estudou pouco e, por isso, os dois, o pai e a mãe dele, fizeram questão que meu avô estudasse, custasse o que custasse. Tiveram apenas dois filhos numa época em que todo mundo tinha tantos! Como você, né, vô? Você teve muitos filhos! Ah, Natália, se fosse por mim teria tido ainda outros. Eu gosto de família grande, a família é o que nos sustenta, minha filha. A família é nossa raiz no mundo. Quando meus pais faleceram e minha irmã faleceu sem ter se casado, o que seria de mim se não fossem vocês? Eu gosto de casa cheia, desse mundaréu de gente entrando e saindo. Quando era criança, adorava ficar na casa dos meus avós porque eu tinha muitos, muitos primos. Mas eu entendo completamente meus pais, Natália. Eles queriam me dar estudo, e eu aproveitei essa oportunidade. E sua irmã,

vô? O que tem a minha irmã? Ela também estudou? Ah, estudou um pouco, sabia ler e escrever bem, era uma ótima oradora. Minha irmã cuidou dos meus pais até o fim da vida deles, Natália, foi uma grande guerreira. Mas ela não quis estudar mais, vô? Não sei, Natália, ela nunca me disse nada sobre isso. Você disse que ela lia e escrevia bem, que era boa oradora... É, mas nunca se aventurou a estudar mais, não. Como ela se chamava, vô? Rosa. Fiquei achando bem triste a história dessa tia-avó Rosa, mas pode ser coisa da minha cabeça.

Meu avô quis saber de outros poemas e histórias que tinham me impressionado, e eu tinha uma lista. Você já terminou a leitura, minha filha? É longa! Não, mas quase, vô. Gostei bastante desse livro. A história que não sai da minha cabeça é a da morte da menina Jesuína, dos caquinhos de vidro no colar. O que foi aquilo, vô? É violento quando a gente se depara com escravidão, não é, Natália? Ela dormia no chão, vô, aos pés da cama daquela mulher com o mesmo nome dela. E ficava servindo a mulher, e foi castigada ao derrubar um objeto. E o fim da história, vô? Fiquei chocada. É uma daquelas histórias em que quero entrar e mudar o desfecho, enfiar aqueles cacos todos na mulher. Nossa, Natália. Ah, desculpa, vô, mas essa história me deixou com muita raiva mesmo. Não tem do que se desculpar, Natália, mas eu sempre defendo que não se combate violência com mais violência, minha filha. Entendo você. Se a pequena Jesuína ou ainda algum familiar dela tivesse feito isso que você disse, eu iria compreender a violência dessa reação. E reações como essa que você descreveu existiram, viu? Só não estão registradas nos livros porque eles foram escritos por homens brancos. Não pense que homens e mulheres negras escravizados não reagiram, Natália. Reagimos o tempo todo. Senti que meu avô concordava totalmente comigo, ao mesmo tempo ficou preocupado e não quis estimular em mim reações violentas.

Minha lista era extensa, mas meu avô também tinha a dele. Era conversa para um dia inteiro. No finzinho da ligação, relemos um poema que havia passado batido por mim por algum motivo. Chama-se "Vintém de cobre (freudiana)". Eu fiquei impressionada com a leitura do meu avô, em voz alta. O poema falava de um vintém de cobre, uma moedinha escura e pesada, dinheirinho curto e que remetia à infância pobre, do impossível sonho de poupar, da zombaria das meninas da escola, das coisas velhas, remendadas, grosseiras, e do preconceito, orgulho, mania de grandeza, opulência... Após a leitura, meu avô destacou um trecho, que disse ser seu preferido.

O trecho favorito do meu avô falava do tempo, mais precisamente da passagem do tempo e de como, conforme ele ia passando, levava consigo os antepassados, os objetos, tudo: a casa, os velhos preconceitos raciais, sociais, familiares... Como se o tempo passasse moendo todas as coisas, os lugares, as pessoas, e também as velhas relações preconceituosas que elas viviam... O trecho falava do tempo e de sua capacidade de mudar tudo, mesmo as coisas que parecem impossíveis de serem transformadas, um tempo que "nivelou muros e monturos" e que remarcou dentro de Cora a menina magricela e amarela que ela fora.

O que você acha desse trecho, Natália? Não sabia o que ele esperava que eu achasse, mas eu achei triste. Triste, não é, Natália? Mas surpreendente. Acho isso interessante na Cora Coralina: ela não é saudosista de um passado que cheira a mofo. Achei que ela se parece com você. Dessa vez, eu que fiquei feliz com o elogio. Eu achei triste esse trecho, vô, porque foi preciso todo mundo morrer, a bisavó, o avô, a mãe, as irmãs, para preconceitos que traziam irem embora? Não teve outro jeito? Mas, no poema, eles foram embora levando preconceitos, Natália. Quantas vezes as pessoas morrem, mas os preconceitos delas ficam? Quantas vezes as coisas mudam sem mudar nada? E quanta gente vira santa logo que morre? Cora Coralina sabe pôr o dedo na ferida, fala de como tratavam as crianças, fala de como tratavam as mulheres, fala com olhar crítico de tudo e todos, inclusive de sua família. Fala dos direitos das prostitutas, das crianças abandonadas, dos marginalizados. Não olha para trás e só vê a beleza do que deixou de existir, vê a beleza, celebra a beleza, mas vê também o que precisa mudar. Foi uma mulher muito corajosa. E livre. Achei que você adoraria conhecê-la.

Então meu avô contou a história de vida dela. Começou, é claro, pelo seu mapa astral. Nascida em 20 de agosto de 1889, Cora Coralina tinha Sol no terceiro decanato de Leão e Lua em Gêmeos, Natália. Ou seja, uma mulher forte, brilhante, cheia de vida. A Carla também é leonina. Quando ele falou, pensei nisso. Ela é realmente brilhante, cheia de vida...

Ouvindo a história de Cora, eu fui ficando cada vez mais surpresa, pois é uma mulher que nasceu em 1889. Nossa! Uma mulher que transgrediu as regras, que escreveu desde menina, mas só conseguiu publicar o primeiro livro aos 76 anos! Uma mulher que quis sair da cidade em que vivia para se libertar de amarras. Uma mulher que precisou enfrentar o ciúme do marido. E que teve de se reinventar depois que ele morreu. Uma poeta doceira, que voltou sozinha para sua cidade natal na velhice. Que história! Realmente meu avô acertou, eu adorei conhecer a Cora Coralina e, logo que terminar o livro que estou lendo, quero procurar outros livros e textos dela!

Apesar de ter ficado animada, uma parte de mim ficou triste, e meu avô sentiu. Isso de as pessoas irem embora, seja porque morreram, seja porque desistiram, sempre me deixa meio triste. Minha mãe foi embora, desistiu de mim e da Vivian. Desistir do meu pai é uma coisa, agora desistir de nós duas... Já peguei uns pedaços de conversa em que pessoas da família diziam que minha mãe era livre demais, ou que era maluca demais. Sempre que eu chego, tentam disfarçar, mas já percebi que estavam falando da minha mãe. Será que minha mãe foi embora, como a Cora Coralina, por que não cabia mais nesta cidade? Meu avô disse que Cora foi embora com um homem que era casado. Imagine quantas pessoas a chamaram de louca. Mas ela não abandonou os filhos... Abandonar filhos pequenos é algo imperdoável. Será que minha vontade de sair desta cidade quando ficar mais velha é uma prova de que sou parecida com a minha mãe? Essas questões todas rondavam minha cabeça quando meu avô perguntou por que eu estava triste. Talvez ele tenha adivinhado, pois deu um jeito de falar bem da minha mãe no meio da conversa. Meu avô é esquisito, diz que todos os filhos casaram mal, mas fala bem da minha mãe sempre que pode.

Muitas vezes acho meu avô contraditório. Disse isso para Carla logo após a conversa com ele. Ela não quis saber os motivos nem me ouviu como sempre faz, apenas me respondeu: todos somos contraditórios. Queria saber enxergar minhas contradições, eu disse. E ela, na lata: ser minha amiga mas mesmo assim dar em cima do Beto não é uma contradição? Mas, Carla, o que você tem a ver com o Beto? Eu gosto dele, Natália. Todo mundo sabe disso. Carla, você gostava dele quando tínhamos 8 anos, era coisa de criança. Depois disso você teve dois namorados de verdade. Como eu ia saber que você ainda gostava dele? Porque é minha amiga, Natália. Tem coisas que a gente não diz, mas sabe. Pior é que ela tinha razão. No fundo eu sabia que não podia contar a ela que Beto me lembrava o Pedro Missioneiro do livro, nem que eu ficava só olhando pra ele nos encontros virtuais, nem que estamos conversando todos os dias, nem que ele está insistindo em me ver. Eu sabia, mas fiquei insistindo que não sabia. E ela insistindo em me chamar de falsa. A Carla é difícil, e eu também sou. Uma vez ficamos meses sem conversar, meu pai e os pais dela precisaram intervir para resolvermos as coisas.

Desliguei o telefone chorando. Brigar com a Carla era só o que faltava na minha vida. Pandemia, solidão, conversa com meu avô sobre a minha mãe, Beto tentando me ver e meu pai não me deixa ver ninguém, e a Carla vem me encher o saco? Sabe o que ela é? Uma baita de uma egoísta. Com pai, mãe, já teve namorado e tudo. Eu, até hoje, só beijei o Luiz, e ela sabe disso. Gosta do Beto? Gosta nada! Gosta é de ser rainha de todo mundo. Quer todo mundo pra ela. Sempre foi assim: esse não, esse não. Desse jeito não vai sobrar nenhum menino na cidade, Carla. Está ouvindo, Carla, sua insuportável? Falsa, eu? Falsa? Tenho vários defeitos, mas não sou falsa. Como é que alguém pode ser tão egoísta? Tá lá na casa dela folgadona, o pai faz tudo por ela. Não sabe nem cozinhar um arroz, a Carla. Não arruma a cama! Que insuportável!

Mandei mensagem para o José pra desabafar. Ele me ajudou a encontrar defeitos na Carla e me fez rir. Acho que ele tem ciúme da Carla porque passo muito tempo com ela. Mas era tudo de que eu precisava naquele momento: uma lista de defeitos da Carla.

No fundo, no fundo, bem no fundo, eu gostaria mesmo é de fazer uma lista de defeitos horríveis da minha mãe. Acho que, na verdade, eu queria aquela briga. Era um dia em que eu precisava mesmo brigar com alguém. E foi ela quem provocou, não tenho culpa. Bloqueei a Carla em todas as redes e quer saber? Mandei mensagem para o Beto:

Venha me ver em casa amanhã. Pensei que poderíamos jogar algo, conversar. Tenho que cuidar da Vivian, mas você pode vir passar a tarde comigo.

Nem dois minutos e ele respondeu:

Que horas? ☺

Às 15, eu disse, pensando que nessa hora meu pai já terá saído depois do almoço, com folga.

Egoísta, mentirosa, folgada, mimada, fresca. Egoísta, egoísta, egoísta. A Carla, minha mãe. Coloco o celular no modo avião. Vou é ler um pouco mais da Cora Coralina e dar uma espiadinha na Vivian, que está muito quieta.

Ânsia de vida

Castigo. Estou de castigo por tempo indeterminado. Já faz uma semana e o tempo continua indeterminado. Nunca fiquei de castigo na vida. Quando meu pai inventou o castigo, eu não sabia se ria ou se chorava. Castigo na pandemia, pai? O mundo já me botou de castigo, eu gritei antes de bater a porta com força.

Mas também eu sou a maior azarada do mundo. Meu pai NUNCA vem pra casa à tarde, NUNCA. Logo na primeira vez que eu faço algo errado, ele me aparece? Passei meses como uma santa aqui em casa. No primeiro deslize, eu me ferro.

Foi assim: Beto chegou um pouco depois da hora marcada. Eu já havia trocado de roupa umas três vezes, é impressionante como não tenho uma roupa boa. Tentei o vestido azul, achei que estava com cara de criança. Passei um batom, achei que era demais, iria parecer que me arrumei, afinal, nunca uso batom.

Coloquei *jeans* e camiseta, aí achei que estava muito largada. Quando a campainha tocou (e dessa vez não era o carteiro), eu estava trocando de roupa e tive que gritar: JÁ VOU! Ou seja, já começou tudo errado. Beto, que é todo brincalhão, foi entrando e me disse: está com medo de cachorro louco? Oi? Não entendi. Você está com a roupa do avesso.

Que vergonha! A pessoa leva uma hora para escolher a roupa e recebe o menino com a roupa do avesso. Devo ter ficado toda sem graça. Pedi para ele esperar e vesti a blusinha do lado certo. Quando voltei, já vim sem máscara, pois ele chegou sem, e achei chato só eu ficar de máscara. Fiquei um pouco preocupada, mas só um pouco. Todo mundo saindo por aí, viajando. Eu ia encontrar uma única pessoa. E essa pessoa era o Beto, né?

Tentei fingir normalidade, como se tivesse sido um convite normal, e nós dois sabíamos que não foi. Fiz pipoca para a Vivian, coloquei o desenho preferido dela, e Beto e eu sentamos na cozinha para conversar. Perguntei se ele queria jogar, e ele não queria. Nem eu. Falamos de astrologia, falamos da casa da Carla, e eu não disse a ele que estávamos brigadas, muito menos o motivo. Ficamos em silêncio por alguns minutos, talvez alguns segundos, mas foi constrangedor. De repente, assim de supetão mesmo, Beto me puxou pelo braço e me deu um beijo. E que beijo!

Ficamos ali nos beijando um tempinho, mas toda hora eu espiava se a Vivian estava deitada no sofá vendo o desenho. Ele elogiou meu cabelo, que estava solto (e eu tinha ficado horas arrumando os cachos), e conversamos um pouco mais. Resolvi fazer um suco para nós e para a Vivian. Foi ligar o liquidificador e meu pai entrou na cozinha.

Meu pai olhou para o Beto, olhou pra mim, fez uma cara feia, nem disse oi, nem nada, e me chamou para conversar no quarto. Então Beto disse que já ia indo, eu fui até a porta levá-lo, toda envergonhada. Por que o meu pai nem cumprimenta a pessoa que está em casa? Que vergonha! Como faz todos os dias, ele foi direto para o banho. Meu coração acelerado, eu tentando ganhar tempo para encontrar justificativas, qualquer coisa que explicasse aquela visita.

Quando meu pai saiu do banho, achei que pela primeira vez na vida eu fosse apanhar. Ele gritava tanto comigo, virou outra pessoa até. Eu imaginava que ele estivesse bravo, mas não assim. Você sabe por que eu voltei mais cedo pra casa, Natália? Porque eu estou com uma dor de cabeça forte que não passou nem com remédio! Você sabe que um enfermeiro do hospital morreu de covid na semana passada, Natália? Você sabe que ele era mais jovem do que eu? Você sabe que eu tenho duas filhas? Agora eu, eu estou tomando todos os cuidados, e você fica recebendo gente em casa? E sem máscara! Ele gritava tanto que eu tive certeza de que os vizinhos estavam ouvindo tudo. Que vergonha...

Acho que ele gritou até mais do que deveria porque depois ficou com aquela cara de arrependido. À noite disse que exagerou, mas que estava assustado, que a dor de cabeça estava forte antes, mas já tinha passado. Deve ser o cansaço, eu disse baixinho. Ele não entendeu, e eu precisei repetir. Deve ser o cansaço, pai, você está trabalhando muito.

Jantamos juntos. Quando eu achei que estava tudo resolvido, ele veio com essa de castigo. Era o que me faltava, só faltava isso mesmo! Saí batendo a porta e bradando que já estava de castigo há meses. Mas no fundo eu pensava: nossa! Ainda bem que ele não chegou na hora do beijo. Já pensou? Já surtou porque estávamos sem máscara dentro de casa. Se tivesse visto o beijo, sei lá o que ele faria.

Então eu passei os últimos dias presa dentro de casa e de castigo. E continuo de castigo. É um castigo-pandemia, como eu disse para o José, porque nenhum dos dois eu sei quando vai acabar. Estou proibida de usar o celular durante o dia, só posso usá-lo quando meu pai chega. Ele nem sabe que eu briguei com a Carla nem nada. Meu pai nunca sabe nada da minha vida. Fiquei com muita raiva dele. Estou tão sozinha! Será que ele não entende? Nessas horas eu sinto tanta raiva que consigo entender a minha mãe. Já pensou ser casada com um homem insuportável desse jeito? Fiquei com vontade de gritar isso quando ele não parava de gritar comigo, foi por um triz que não disse algo assim, achei que o magoaria muito e engoli as palavras. Mas foi por pouco.

Por falta do que fazer (mentira mais mentirosa, para fugir do que tenho pra fazer mesmo: um monte de provas e de tarefas), dei de mexer nesse *site* que meu avô descobriu. Conheci o museu todo da Cora Coralina. Acho que todo museu deveria ter uma versão *on-line*. A casa onde ela vivia é muito legal. Conheci o jardim, a bica, o porão, a entrada, o quarto de escrever e até as roupas dela. A casa está montada como se ela ainda estivesse viva. Achei tão bonito!

Se eu contar a alguém posso ser chamada de tonta, mas de alguma maneira, para mim, conhecer a Cora Coralina é conhecer um pouco a minha mãe. Na verdade, elas são diferentes, eu sei, mas tem alguma coisa nela que lembra a minha mãe. Achei uma citação em que ela diz que, quando voltou para a cidade de Goiás, deixou filhos, netos e bisnetos em São Paulo. Queria escrever, queria a liberdade, queria reencontrar seu passado. Já faz dias que terminei de ler o livro e fiquei procurando outras coisas dela para ler. Meu avô diz sempre que não dá pra confiar nessas citações de internet, mas encontrei alguns poemas bem bonitos...

Acho que eu só contaria essa coisa de comparar minha mãe com a Cora ao José, e olhe lá. Uma vez ele me disse que olhava para o gato e fingia ou acreditava que ele poderia ser seu irmão, uma coisa maluca, e eu ouvi e nem disse que ele era maluco. O irmão mais velho do José, o Paulo, morreu dois anos atrás num acidente. Depois disso, ele ganhou um gato. José me disse, certo dia, que às vezes olhava nos olhos do gato e reconhecia seu irmão. Pode uma coisa dessas? Eu achei esquisito, mas nem consigo imaginar a dor que é perder um irmão, então não disse nada, só sorri de um jeito carinhoso. Ele é meu amigo desde que somos bem pequenos. Acho que se sentiu à vontade para me dizer essa coisa do gato e do irmão, porque é o tipo de coisa que a gente não conta a qualquer um, não. Eu não conto.

Outro dia li num livro aqui em casa uma história de uma mulher com asas, de uma mulher que perdeu as asas. Era um ser sobrenatural, vindo de outro lugar, em que todos têm asas. Um homem escondeu as asas dela e, quando ela perguntou, disse que não sabia onde estavam, mas ofereceu ajuda, afinal ela estava sozinha e perdida. Acabaram ficando juntos, casaram, tiveram um filho. Quando o filho era pequeno, começou a mexer nas coisas do pai e encontrou as asas. Foi mostrá-las para a mãe, que ficou bem triste e entendeu o que o marido havia feito. Então ela precisava decidir se ia embora e deixava filho e marido, ou se ficava. E ela escolheu partir. Seu filho, desde então, nunca mais falou, passou décadas sem falar. Li essa história, assim sem querer, num livro colorido que temos aqui em casa, cheio de narrativas de diversos lugares do mundo. Fiquei pensando, tentando entender por que tudo o que leio me traz fortemente o que estou vivendo. Meu avô me disse outro dia que é porque o que eu vejo nas histórias é o que eu sou no momento da leitura, mas tem outra forma de ler essa história das asas sem pensar na minha mãe? Tem como ler Cora Coralina e não pensar nisso de ir embora? De romper amarras?

Essa história das asas mexeu comigo. Na aula de Arte, estamos estudando fotografias, autorretratos. A proposta é se fotografar e fazer uma montagem, colagem, o que quisermos. Em seguida, devemos criar uma legenda. As aulas de Arte são sempre as melhores. Eu fiz uma foto minha com os braços abertos e depois botei asas douradas, como as da história. Tudo o que eu queria neste momento era ter asas e voar para bem longe disso tudo. A professora amou. Depois, ela pediu que fizéssemos legendas, e eu procurei em mil *sites* algum poema da Cora Coralina. Encontrei um lindo chamado "Cora Coralina, quem é você", que está num livro intitulado *Meu livro de cordel*, e usei um trechinho como legenda. Nesse poema ela fala sobre tudo que a compõe, o que ela é, o que foi e sobre a escrita como liberdade e transformação, sobre sua luta para escrever apesar de todas as carências que enfrentou. O trecho que usei como legenda combinou demais com a foto, ele fala de ânsia de vida, sobre voar, mas não voar simplesmente, voar nas "asas impossíveis do sonho"! Preciso dizer que eu tirei 10? A professora amou que eu usei versos da Coralina e disse que sou uma artista. Uma artista, uma artista... Fiquei mastigando essas palavras. Acho que vou pedir à professora que diga isso por escrito para eu mostrar para o meu pai quando chegar o boletim, pois tenho quase certeza de que vou pegar recuperação em Ciências. Pai, eu tirei menos de 5 na prova de Ciências, mas a professora de Arte me deu 10 e disse que eu sou uma artista. Será que cola? Duvido. Até cogitei esconder dele o boletim porque, se eu estiver mesmo de recuperação, aí é que não saio do castigo.

Beto mandou algumas mensagens para mim, mas eu estava tão envergonhada com aquela cena do meu pai que demorei pra responder. Disse que teve uma chamada de vídeo da galera na quarta e queria saber por que eu não estive. Por que será, né? A Carla é mesmo insuportável. Deu um jeito de os irmãos não mandarem convite pra mim. É isso. Pandemia, castigo, babá da Vivian, pai estressado, recuperação de Ciências, excluída do grupo dos amigos. Minha vida está uma porcaria mesmo. A única coisa que salva são as conversas com meu avô sobre os livros e os museus, e pensar nos beijos que dei no Beto. Só de pensar, sinto arrepio. Só que eu vou ficar de castigo eterno, e essa pandemia não acaba nunca mais. Quando eu puder sair de casa, o Beto já vai estar casado e com três filhos.

Na hora que meu avô ligou para falarmos sobre o museu da Cora, eu contei a ele tudo o que vi na visita virtual, contei sobre os poemas que li e mostrei o trabalho de Arte. Ele me perguntou se eu mostrei esse trabalho para o meu pai, e eu disse a ele que meu pai não liga nem gosta de mim. Isso não é verdade, Natália. Você sabe bem como seu pai e eu discordamos em vários assuntos, mas nisso nós dois concordamos: ele ama muito você. Ele até pediu que eu ligasse hoje pra saber como estão as coisas, pois achou que você está muito abatida. Pediu, é, vô? E ele disse o que aconteceu? Disse como ele está me tratando? Disse que eu fico sozinha com a Vivian o dia inteiro? Disse que ele me tirou o celular? Que, além da pandemia, eu estou de castigo? Não, Natália, ele não disse. Mas pode deixar que eu vou falar com ele.

E por que é que você está de castigo? Porque um amigo meu veio aqui em casa. E você não pode receber ninguém, é isso, né? É. E ele estava sem máscara... E eu também. E eu não avisei meu pai, não pedi pra ele. Mas ele não deixaria mesmo. E é um menino. Acho que tem tudo isso. Eu disse assim, tudo picado. É um amigo mesmo, Natália? É, vô, um amigo, menti descaradamente, um amigo da família da Carla. Vou conversar com seu pai, Natália, sobre a pandemia, os cuidados e tudo mais. Maria e eu estamos caminhando todos os dias por recomendação médica. Acho que seu pai deveria permitir que você encontre a Carla, por exemplo. Não!, falei de um jeito meio explosivo. Nossa, por que não? O que aconteceu? Nós brigamos. Natália, parece que aconteceu muita coisa desde nossa última conversa, não?

Fiquei com os olhos vermelhos, com muita vontade de cair no choro e receber um carinho. É impressionante como meu avô consegue me entender mais do que meu pai. E ele é bem mais velho e tem ideias mais antigas, mesmo assim consegue me entender. Disse isso a ele, que me respondeu: mas é porque ele é seu pai, Natália, e eu, seu avô, são papéis diferentes. Eu fui pai de oito e precisei ser firme, mas tive a Solange ao meu lado e, depois que ela morreu, minha irmã ajudou. Logo conheci a Maria. Seu pai está enfrentando tudo isso sozinho, minha filha. Não é fácil. Foi aí que eu caí no choro mesmo, choro de soluçar. Não sei se, caso essa conversa fosse pessoalmente, eu teria agido dessa forma. Nunca chorei assim perto do meu vô.

Você sente falta da sua mãe, Natália? O tempo todo, eu consegui responder entre um soluço e outro. E você tem notícias dela? Não, vô. O senhor tem? Tive uma ou outra, mas faz tempo. Tia Maria apareceu na tela com uma tigela de canudinhos recheados. Olha, Natália, o que eu fiz pra você. Pra mim?

Eu tentava enxugar as lágrimas, mas elas caíam pesadas, molhando o *notebook*. Fiz pra você, ia pedir que alguém entregasse, mas acho que podemos dar um pulinho lá, não podemos, João? Meu pai não deixa ninguém entrar aqui, muito menos vocês, posso contaminar vocês. E fiquei com a consciência pesada lembrando dos beijos no Beto. Só fazia oito dias, não ia dar. Nós vamos de máscara, deixamos com você e saímos, só pra gente se ver um minutinho. Tá bom. Então tia Maria e o vovô vieram me trazer canudinhos recheados com cocada, meu doce preferido. Quando eles chegaram, tudo o que eu queria era dar um abraço neles. Que saudade, que saudade! Estava de máscara e ainda chorava. E foi assim que tia Maria e vovô passaram a vir todos os dias para nos ver, ficando no portão, do lado de fora, apenas alguns minutos por dia. Todo dia ela trazia um docinho, um pão caseiro, uma sopa, o que ajudou bastante na nossa vida aqui em casa, além de sempre adoçar as minhas tardes.

Nesse dia dos canudinhos, logo que meu avô saiu, uns minutos depois, eu fiz uma chamada de vídeo. Vô, eu li uma frase nas paredes do museu da Cora Coralina e lembrei de você e da tia Maria. Tinha copiado, mas não consigo encontrar a anotação. Era algo assim: todo mundo que escreve volta ao passado, todos nós fazemos parte do passado e estamos vinculados mais aos nossos avós do que a nossos pais.

Casa de ferreiro, espeto de pau

Toca a campainha. “Já voooou!”, desço as escadas correndo. Um novo pacote em meu nome. Subo as escadas numa pernada só e abro de uma vez o pacote. Poucas vezes na vida senti essa alegria da chegada dos livros novos.

Agora é sempre uma surpresa. Às vezes eu até fico tentando adivinhar qual será o próximo livro ou, como meu avô diz, a próxima parada. No começo eu achei que seria um tédio esse negócio de viajar pela internet, mas depois comecei a achar muito legal. Claro que tenho vontade de fazer todos os percursos de forma presencial, mas tem sido muito bom viajar com meu avô. Agora que ele e tia Maria vêm aqui todos os dias parece até que nossa viagem ganhou mais fôlego.

Eu estava olhando a capa e o nome do livro quando meu pai chegou. Antes de tomar banho, parou para ver o livro que havia chegado. Sorriu. Ê, seu João, ele disse,

finalmente me ouviu. Por que, pai? Do que você está falando? Do seu vô, Natália, que costuma ser o maior cabeça-dura do mundo todo, finalmente está mudando um pouco. Não entendi, pai. O livro, Natália, esse livro aí. Eu que sugeri que vocês o lessem agora. Aliás, é um dos meus livros preferidos. Se vocês permitirem, quero participar desse encontro para falar sobre o livro. Claro, pai. Se fosse uns dias antes, um mês antes, um ano antes, eu jamais concordaria assim.

Estamos superbem, meu pai e eu. Tivemos uma conversa muito boa uns dias antes. Uma conversa de pai pra filha, de filha pra pai, como nunca tínhamos tido. Fiz perguntas, ele respondeu. Ele fez perguntas, eu respondi. Fomos sinceros um com o outro. Foi mesmo uma daquelas conversas que só acontecem nos filmes (e eu sempre reclamo que não é algo real, que um pai não falaria dessa forma com uma filha, que não faz sentido). Pois é. Tivemos uma dessas conversas únicas. De todos os defeitos do meu pai (e que sempre me irritaram), uma qualidade dele eu não posso negar: ele é uma pessoa boa. Sabe uma pessoa boa? Daquelas que podem errar, mas nunca intencionalmente? Meu pai é uma pessoa assim. E as pessoas da família sabem disso. E algumas até abusam da generosidade dele. Ele é um tipo de pessoa para quem alguém próximo liga quando está passando algum apuro. Acontece que a família é grande, e tem sempre alguém em apuros. E ainda tem os amigos, o pessoal do hospital. Falamos sobre isso. "Casa de ferreiro, espeto de pau", ele me disse. Tenho sido muito duro com você, Natália. Tenho exigido demais de você. Eu fiquei olhando para os pés dele, sem coragem de encará-lo nos olhos ao dizer: é verdade, pai, eu pareço grande, mas muitas vezes me sinto só uma garotinha sozinha como naquele dia em que vocês esqueceram de ir me buscar na escola quando eu era pequena. Então, ele me disse que, por incrível que pareça, também se sente em alguns momentos um garotinho solitário. Como quando sua mãe foi embora. Ou quando a Ariane terminou comigo. Ou quando começou tudo isso e eu precisei responder pelo hospital todo. Não tem sido um ano fácil, Natália. Jamais pensei que enfrentaria algo assim. Pai, como você se sentiu quando sua mãe morreu? Você lembra? Lembro. Foram me buscar na escola. Eu entrei em casa e tinham colocado uns panos pretos nos móveis, costume antigo, coisa das tias da minha mãe. Depois disso, eu fiquei com medo de pano preto: sempre que via um, sentia vontade de chorar.

Nunca tinha olhado para o meu pai assim, vendo o garotinho que ele tem dentro dele. Um garotinho pequeno, de 7 anos. Também não sei de onde tirei essa imagem, essa fala de me sentir uma garotinha sozinha. É engraçado que às vezes a boca fala coisas que a cabeça não sabe, coisas muito, muito, muito íntimas. As boas conversas fazem isso com a gente. Meu pai me mostrou uma moça que conheceu num desses aplicativos de paquera. Meu pai usa aplicativos de paquera!!! Fiquei surpresa. Ela se chama Fernanda e parece bem bonita. Tem o cabelo curtinho e os olhos expressivos. Tem uma filha de 8 anos e é divorciada. Queria ver todas as fotos, mas meu pai não deixou, disse que já estava bom. E já estava mesmo. Meu pai é muito fechado, dividir isso comigo foi um passo e tanto. Então ele perguntou do Beto, queria saber se era mesmo só um amigo, e eu disse que não. Perguntou se era um namorado, e eu disse que não. Mas você gosta dele? E eu disse: não sei. E eu não sei mesmo. Sei que penso muito nele, eu disse. Ia dizer: "no beijo dele", mas achei melhor guardar pra mim essa história de beijo. Já era coisa demais para dividir.

Meu pai também quis saber da minha briga com a Carla, e eu fiquei sem entender se tinha sido meu avô ou a tia Sonia que havia contado isso a ele. Confessei que estava sentindo saudade da Carla. Daquela alegria escandalosa que só ela tem, pai. Ela e a mãe, viu, Natália? A Sonia é a alegria do hospital. Sinto saudades da Carla, pai, mas também sinto raiva. E ela não cede, não faz o menor sinal para a gente se reaproximar. E você fez? Eu não. E então? Você acha que tinha razão na briga? Acho e não acho, pai. Acho que eu tinha razão, mas também acho que ela tinha razão. Tem coisa na vida que é complicada, né, Natália? Não tem muito certo ou errado.

Quando ele disse essa coisa de certo e errado, pensei de imediato na minha mãe. É engraçado como as conversas são esquisitas. Eu não sei se meu pai disse isso se referindo à relação dele com a minha mãe, e não sei se, quando falou, achou que eu achei que ele se referia à minha mãe. A gente conversa com o outro, mas conversa ao mesmo tempo com a cabeça da gente. Então, se duas pessoas estão conversando, é como se fossem quatro. Ou cinco. O fato é que nunca tinha me aberto tanto com meu pai. E demoramos para entrar de vez numa conversa sobre a minha mãe.

Falamos da Vivian. Meu pai me disse que ela tem muita sorte de ter uma irmã tão carinhosa e habilidosa quanto eu. Eu, carinhosa? Eu, habilidosa? E não é, Natália? Desde sempre você foi assim, metida a adulta, e carinhosa, jeitosa com a Vivian, e eu fui deixando porque pra mim estava pesado também, mas, ao mesmo tempo, sempre procurei poupar você, deixar você se divertir, ser criança. Só que, neste ano, eu vacilei. Joguei muita responsabilidade em cima de você. Enquanto dizia isso, uma lágrima escorregava do seu olho.

Eu fiquei quieta ouvindo aquilo tudo, pois não me achei boa com a Vivian nesse período. Perdi a paciência com ela várias vezes durante o ano, estava muito cansada e sozinha. Então falei a ele sobre a minha solidão, falei que fiquei deprimida algumas vezes. Que eu sentia muita falta da escola, dos amigos, da família... Do Beto, ele me disse. Eu sorri.

Não consigo me lembrar como entramos na conversa sobre a minha mãe. Lembro de outras coisas detalhadamente, mas não lembro como é que mergulhamos nessa conversa sobre a minha mãe. Eu sempre desejei essa conversa, mas, ao mesmo tempo, sempre tive medo dela. Então não sei dizer se foi algo que surgiu de algum comentário, se foi natural ou se foi repentino. Pai, ela se parece comigo? Quando lembro, já estamos nessa pergunta. Tenho poucas lembranças dela, pai. De certa forma, ele disse, vocês se parecem, sim.

Queria perguntar a ele por que ela tinha ido embora, por que tinha deixado a mim e a Vivian, por que não havia mais aparecido, por que não ligava, não mandava mensagem, por que... Por quê? Que espécie de pessoa é uma mãe que vai embora? Queria perguntar isso pra ele, mas soaria muito raivoso.

Senti que meu pai não queria falar mal da minha mãe, que fazia todo um esforço para não a tornar um monstro. Quando dei um jeito de perguntar por que ela abandonou a mim e à Vivian, ele me disse algo muito novo para mim, disse que ela não nos abandonou. Da primeira vez que sumiu, levou nós duas, e ele quase ficou louco tentando nos encontrar. Apareceu dias depois, desorientada, dizendo que era incapaz de cuidar das filhas, que ele sempre soube fazer isso melhor. Eu me ofereci para ajudar, Natália, mas ela dizia que era incapaz. Deixou vocês aqui comigo, disse que sabia que eu cuidaria melhor de vocês do que ela. No fundo, eu sabia que isso tudo poderia acontecer desde que a conheci, Natália. Sua mãe é uma mulher livre, sempre foi, encantadora e livre. Quando eu a apresentei ao vovô, ele ficou encantado. Seu avô gosta de conversar, e sua mãe passava horas conversando com ele. A Mayra é o tipo de pessoa que sabe conversar com os outros, é toda charmosa, olha nos olhos, diz a cada um o que a pessoa quer ouvir. Você quer dizer que ela mente, pai? Não, Natália, ela não mente. Ou melhor, não mente mais do que os outros, todos nós mentimos em alguns momentos. Algumas vezes até para nós mesmos. O que eu quis dizer foi que nós todos somos várias pessoas em uma só.

Sua mãe sabe ser a pessoa certa com cada um. Nunca imaginei que meu pai falaria coisas tão bonitas sobre a minha mãe. Eu lembro pouco dela, pai. Lembro dela penteando os longos cabelos. Lembro dela tocando flauta. Lembro dela cuidando das flores no jardim, amamentando a Vivian.

Pois é, nós tínhamos uma vida normal, não é, Natália? Por mais que eu sempre tivesse medo de perder sua mãe, jamais imaginei que ela fosse embora depois que vocês nasceram. Primeiro, ela inventou de mudar de profissão e resolveu estudar. Depois, inventou que queria mudar de cidade. E eu não me mudaria daqui, Natália, ela sabia, todos sabiam. Então ela foi embora porque você não quis se mudar? Não é tão simples, Natália. Acho que ela cansou da vida que construímos, dos problemas que enfrentávamos, levávamos mesmo uma vida muito pacata. Sua mãe sempre foi das viagens, das descobertas. Demorei para entender que ela ter deixado vocês comigo e desaparecido, assim como ela fez, foi um profundo ato de amor por vocês. Amor, pai? Amor? Amor, Natália. Ela nunca tinha pensado em formar uma família. Quando era menina, queria fugir com o circo, você acredita? E você a conhecia? Sim, eu a conhecia. Ela era um ano mais nova do que eu e sempre fui encantado por ela. Ela era uma menina livre, apaixonada por arte. Seu avô, quando a conheceu, como eu disse, ficou encantado. Mas me chamou num canto e disse que ela não era mulher para mim. Por que, pai?, eu perguntei. Ele disse que ela era muito diferente de mim, que estava explícito que não daria certo. A gente precisa casar com alguém com os mesmos valores morais que os nossos, ele disse, é a base de qualquer relação. Mayra é leve, charmosa, do ar, e você é pesado, sério, da terra. Na época briguei feio com meu pai, Natália. E brigamos feio de novo quando ela foi embora. Ele veio em casa e ficou com aqueles olhos de "Eu avisei" colados em mim.

Era informação demais para uma só pessoa. Minha mãe sempre foi pra mim um jogo de quebra-cabeça com pecinhas faltando. De repente, meu pai completou o jogo quase todo. Faltava uma única pecinha. E eu percebi que eu mesma era essa peça que faltava. Você acha que a culpa é toda sua, pai? Por ser como é, quem é? Porque eu não acho, não. Senti dentro de mim vergonha e tristeza por ter sido tão dura com meu pai tantas vezes. Ele falou tão bem da minha mãe que senti uma vontade de defendê-lo dele mesmo, de dizer o quanto ele era bom, o quanto eu o amava. Ele disse que não, que não sentia culpa por ser quem é, mas que já havia sentido isso antes. Eu gostaria de ser mais leve, menos preocupado, gostaria de ser mais ar, como diria seu avô. Mas eu não sou, reconheço isso, mas sei que tenho muitas qualidades. Vocês foram felizes, pai? Nós quatro juntos fomos felizes algumas vezes, Natália. Tivemos nossos momentos de felicidade.

E por que ela não voltou, pai? Tomei coragem para perguntar. E você acha que seria fácil, Natália? Você acha que é fácil para alguém mexer assim no próprio passado e encarar os próprios erros? Eu acho que ela não voltou porque faltou coragem, porque deve ser doloroso demais. Eu tenho pena dela, jamais gostaria de estar na pele dela. Por que, pai? Carregar essa dor de não ter visto você e a Vivian crescerem, eu não suportaria. E não daria para ter sido diferente, pai? Daria, Natália, sempre daria. Mas a gente não pode fazer as escolhas dos outros, só as nossas. Isso de abandonar os filhos é algo muito comum, infelizmente, mas muito, muito mais entre os homens. E sua mãe sabia que eu jamais abandonaria vocês. Acho que é por isso que

se casou comigo. Inconscientemente deve ter pensado: “se eu desistir, tenho alguém firme aqui”.

E você não teve mais notícias dela? Tive, há uns anos, tive. Uma prima dela me disse que ela agora é doula. E o que é doula? É uma mulher que acompanha o parto, dá suporte na hora do parto. Achei esquisito, mas ao mesmo tempo achei que fazia sentido. Ela acompanha nascimentos de outras crianças, mas não as vê crescer.

E você acha que algum dia ela vai reaparecer para me ver, para nos ver? Eu não sei, filha. No começo achava que sim, mas errei. Agora eu realmente não sei. Pode ser que sim, pode ser que não. E você acha que vale a pena procurá-la? Acho que ela não quer ser encontrada, Natália. Mas se você quiser muito, acho que vale a pena, sim. E os pais dela, pai? Nunca ninguém me falou sobre eles. Eles morreram há muitos anos, quando Mayra era criança. Então, ela ficou de casa em casa, de cidade em cidade, na casa de tios e primos. Até vir parar aqui, onde vivia uma avó dela, que morreu logo após o nosso casamento. Ou seja, ela não tinha ninguém fora nós, pai? Não, não tinha, filha. Acho que essa experiência de não ter tido mãe nem pai marcou sua mãe profundamente, mas ao mesmo tempo acho que não justifica, ela teve escolha. E escolheu partir, né? É. Ele dizia isso calmamente, sentado, olhando pra mim, ainda com a roupa do hospital, antes de tomar banho.

Olhei para o livro em cima do balcão da cozinha: *Auto da Compadecida*, de Ariano Suassuna. Acho que você vai gostar muito de ler esse livro. Eu li há muitos anos. Posso estar errado, mas acho que você vai gostar.

Na capa, uma santa. Suassuna, Suassuna, fiquei repetindo o sobrenome do escritor dentro da cabeça. Que livro será que meu avô queria me apresentar antes? Fui pra leitura pensando que era um livro escolhido pelo meu pai e não pelo meu avô.

Quando nesse dia em que chegou o livro meu pai saiu do banho, mostrei a ele meu trabalho de Arte e contei do elogio da professora. Ele gostou bastante da minha fotografia, então mostrei a ele algumas outras que eu fiz depois. Antes de você proibir que eu usasse o celular durante o dia, pai. Desculpa, Natália, eu exagerei no castigo. Pai, todos os artistas são desequilibrados? Como assim, Natália? Todos têm problemas, querem sair de onde estão? Natália, todos nós temos problemas, e todos nós queremos mudar o que nos incomoda. Alguns mais, outros menos. Os artistas são os mais incomodados com o mundo? De certa forma. Mas, pelo que entendi, você está raciocinando do lado avesso. Como assim, pai? Não é ser artista que causa um desajuste com o mundo, é perceber o desajuste do mundo que nos faz artistas. O artista quer recriar as coisas. Fiquei preocupada, pai. Eu gostar de arte, de diversas formas de arte, não me faz parecida demais com minha mãe? Natália, você não é sua mãe, mas é óbvio que vai ser um pouco parecida com ela. Viveu com ela por seis anos, e seria mesmo que não tivesse vivido. Ela é a sua mãe, deixa marcas em você, em sua história. Mas você tem a sua história, o seu caminho, você não é uma cópia da sua mãe. Por exemplo, eu. Eu tenho coisas do vovô, tenho coisas da minha mãe, tenho coisas da tia Maria, mas eu sou eu, não sou nenhum deles. Digo isso porque demorei pra entender que eu não preciso ser como meu pai. E do que você não gosta no vovô, pai? Ah, acho seu avô muito pessimista e muito mandão também. Ele sempre se acha o dono da razão e quer que todo mundo entre no esquema que ele desenhou. Pai, comigo ele não é assim. Eu acredito, Natália. Meu pai mesmo vivia dizendo que o pai dele sempre foi muito duro com os filhos, exigente com os estudos, mas comigo e com meus irmãos, meu vô Raymundo era um docinho de coco, completou meu pai.

Fui deitar tão acesa, pensando em tanta coisa nesse dia, que achei que demoraria horas para adormecer. Que nada! Minutos após me deitar, peguei no sono. E sonhei, sonhei, sonhei muito a noite toda.

Quem gosta de tristeza é o Diabo, disse a Compadecida

Marcamos a videochamada para começar a conversa sobre o Ariano Suassuna num domingo à tarde, para meu pai também participar. Achei que eles iriam brigar. Os dois, quando estão juntos, sempre arrumam motivos para discordar um do outro, mas eu estava errada. Pareciam até ter ensaiado os passos, um completava o que o outro dizia. Foi divertido.

Ariano Vilar Suassuna nasceu em 16 de junho de 1927 em João Pessoa, na Paraíba, disse meu pai. É assim? É assim que vocês começam essa conversa? Meu avô riu. Eu estava fixada na data. Dezesseis de junho! Aniversário do meu avô! Aniversário do Beto! Achei a coincidência incrível. Tanto meu pai quanto meu avô falaram de Suassuna com paixão. Um homem que entendeu o Brasil, disse meu avô. Um homem que reinventou o Brasil, disse meu pai. Sol em Gêmeos, Ariano era geminiano da cabeça aos pés, mas tinha também muito fogo no mapa natal, contou meu avô. Ariano tinha Vênus, Marte, Júpiter, Saturno, Urano e Netuno em signos de fogo, ele completou. Um homem iluminado, um sol que brilhava forte, concluiu meu pai. Meu avô sorriu. Foi até bonito de ver a sincronia entre os dois.

A história da vida dele era triste. Ele perdeu o pai aos 3 anos... E assassinado. A mãe saiu da capital do estado, que na época tinha outro nome, não era João Pessoa, que também foi um político e era adversário do pai de Ariano! A mãe dele foi com os nove filhos para Taperoá, no interior do estado. Nove filhos, eu pensei. Nove! Ele era um menino muito observador, muito curioso. Incentivado por dois tios e pela biblioteca que o pai deixou, lia bastante, mas estava sempre prestando atenção nas pessoas, na natureza, nos sons, nas músicas. A literatura oral foi marcante em sua vida: o cordel, o circo, o repente... Meu pai e meu avô falavam sem parar, pareciam competir pra ver quem sabia mais de Ariano Suassuna.

As cores, a alegria, a musicalidade do Nordeste, o encontro de diversas culturas, a criação de uma arte profundamente brasileira, tudo isso encontramos no Suassuna, dizia meu pai. Depois deram pra falar coisas difíceis e eu parei de entender, mas eles pareciam estar se entendendo. Parecia que os dois tinham se preparado para a viagem como se fosse para uma prova. Como fazia tempo que não via os dois rindo juntos, fingi que estava entendendo alguma coisa, mas, a certa altura, já não entendia mais nada.

Eu voltei a prestar atenção quando começaram a falar sobre o sertão. O lugar em que estamos agora, Natália, é o sertão nordestino. O que você lembra quando pensa em sertão?, meu pai perguntou. Penso na seca, na fome. Então, Natália, o sertão não é apenas isso. O sertão também é terra, vegetação, riacho, pessoas... O sertão não é seca o ano inteiro. Há também beleza, alegria, histórias. Além disso, Suassuna dizia que quase toda história ruim de passar é boa de contar, ou seja, há diversas maneiras de contar uma história de tempos difíceis. Um pouco de humor, de cor, de fantasia não faz mal pra ninguém. Meu avô riu. Natália, seu pai está dizendo isso porque foi ele quem sugeriu que lêssemos este livro agora, mas ele já estava na minha lista. Tava nada, pai! Estava, sim, mas não pra agora. Então pra quando? Pra depois! Depois quando? Ora, daqui a algumas paradas. Vô, que livro e que escritor você queria me apresentar agora? Natália, seu avô queria lhe apresentar um livro chamado *Vidas secas*, disse meu pai. Sim, *Vidas secas*, de Graciliano Ramos, um livro belíssimo, um escritor maravilhoso, disse meu avô. Tenho certeza de que você vai gostar quando ler, mas concordei com seu pai e passamos o Suassuna na frente. E você não gosta do *Vidas secas*, pai? Gosto, Natália, gosto sim. Meu vô fazia que não com a cara. Gosto, pai, mas é um livro tristíssimo. E você sabia que o Ariano Suassuna adorava o Graciliano, pai?, meu pai perguntou. Ah, disso eu não sabia não, Antonio. Pela primeira vez na conversa um não sabia algo que o outro disse. Pois é, Suassuna dizia que adorava ler os regionalistas, entre eles o Graciliano, mas, como escritor, não queria retratar o mundo assim como os regionalistas fizeram, queria colocar fantasia e outros elementos que também existem na sua terra em seus livros. Ariano Suassuna era da turma das maravilhas, dos encantamentos, das mentiras muito bem contadas, Natália, disse meu avô. Apaixonado pelo circo e, em especial, pelos palhaços, completou meu pai. Ah, por isso que o narrador da história é um palhaço?, eu perguntei. Sim!, ambos disseram.

E iniciamos a conversa sobre o *Auto da Compadecida*. Eu nunca tinha lido uma peça de teatro. Combinamos de ler o livro todo em voz alta, interpretando os personagens. E que convidaríamos a Vivian e a tia Maria para fazer alguns personagens. Uma peça de teatro é pra ser dita em voz alta, disse meu avô. Eu achei divertido. Fiquei com uma vontade imensa de convidar a Carla pra essa brincadeira.

Após o fim da chamada, perguntei se meu pai, por acaso, tinha outro exemplar do livro. Ele disse que tinha um antigo em algum lugar, afinal era um dos seus livros preferidos. Não temos muitos livros em casa. Os que temos ficam guardados em algumas gavetas da sala ou do quarto. Procuramos, procuramos e acabamos por encontrar. O livro estava meio amarelado, a capa era verde, estava escrito “Teatro Moderno” em cima e entre “Teatro” e “Moderno” havia algumas máscaras de teatro. Embaixo, num quadrinho amarelo, o nome do livro e o nome do autor. Que bom, pai! Você poderia me levar à casa da Carla? Quero dar meu livro pra ela.

Meu pai nem perguntou muito. Chamamos a Vivian e fomos. Eu fui lá e toquei a campainha. A casa da Carla é toda diferente. Quando você chega lá, tem um corredor comprido, mas estreito, por onde passa o carro, depois é que você chega à casa. Do lado esquerdo, o quintal, com direito à árvore e casa na árvore. É nesse quintal que eles tocam e cantam. Do lado direito, a casa, com as janelas baixinhas. A cozinha fica fora da casa, e tudo lá foi feito pelos pais da Carla: os armários, a mesa. A mesa é imensa, de madeira queimada.

Toco a campainha e espero. Minha vontade é de ir entrando, entrar pela janela, abraçar o tio Paulo, a tia Sonia, a Carla e todo mundo. Espero. Tio Paulo aparece na janela, e eu aceno. Peço que ele chame a Carla. A Carla vem, nós duas de máscara, distantes, mas as duas com cara de feliz por poderem se ver. Eu digo que trouxe um presente. Um livro que estou lendo com meu avô e com meu pai, Carla. Ela sorri, percebo pelos olhos. Vocês já terminaram a leitura, como o outro? Não, ainda estamos no meio, mas eu queria que você participasse. E eu tenho outro em casa.

Meu pai não me apressa, e eu tenho tempo de conversar com a Carla. Peço desculpas, digo que sinto falta dela, que se ela quiser eu posso nunca mais nem ver o Beto, que é besteira, que ela é mais importante. Ela sorri de novo. E pede desculpas também, diz que sentiu saudades, que todos sentiram, e que ela também estava errada, afinal o Beto não é namorado dela, mas ela sentiu ciúme. Vontade imensa de abraçar a Carla. Não pode. Pego na mão dela. Ela quer saber se eu gosto dele, eu digo que não sei, que não importa. Ela diz que importa, eu digo que realmente não sei, muita coisa acontecendo no mundo, na minha vida. Fico com vontade de contar sobre o beijo e estragar tudo. Resolvo deixar para outro dia.

Ficamos lá, de mãos dadas, distantes, mas não tão distantes como é recomendado, próximas, mas não tão próximas quanto gostaríamos. Ela dá uma de suas risadas gostosas. Eu também. E de repente o mundo todo muda de cor. Fico pensando que tudo, toda essa panela de pressão que virou minha vida nas últimas semanas, começou logo que me distanciei dela. Senti falta de você, Carla. Da sua alegria, do seu jeito de inventar as histórias mais mirabolantes. De repente, acho que entendi o que meu pai queria dizer ao sugerir a troca do livro. Num momento de vidas tão secas, precisamos mesmo de um pouco de palhaços, precisamos rir. Carla, você vai amar o livro, Chicó e João Grilo são muito divertidos. Conto a ela o episódio do benzimento do cachorro. Ela ri gostoso. E eu também.

Valha-me, Nossa Senhora

A segunda videochamada para falar sobre o *Auto da Compadecida* e sobre seu autor, Ariano Suassuna, rendeu. Cá estamos nós em Taperoá, disse meu avô. No Museu da Casa de Ariano, que fica exatamente na casa onde ele passou uma parte da infância em Taperoá, na Paraíba. Nós estávamos curiosas para ver as fotos, os objetos e manuscritos do Ariano Suassuna, mas não tinha nada disso. Não consegui encontrar um *site* do museu. Tentei entrar em contato com a prefeitura, mas ninguém atendeu a chamada... Pode ser por causa da pandemia. Ou seja, não tem nada pra gente ver, vô? Eu disse toda decepcionada, porque era a primeira vez que a Carla ia participar da conversa. Descobri que a prefeitura de Taperoá fica na Rua Ariano Suassuna, Natália, e que existe esse museu na cidade, mas fotos dele eu não encontrei, infelizmente. Tem apenas uma ou outra disponível, mas com má definição e sem legenda. Tenho somente essa foto da fachada, mas não foi fácil encontrá-la, não. Você tem o endereço, seu João?, Carla perguntou. Você acredita que nem isso, minha filha? Não aparece em lugar algum. De repente entendo o que ela quer dizer e não me conformo como ainda não havia pensado nisso. A gente pode usar um aplicativo de localização geográfica! Meu avô, por mais moderninho que seja, não entendeu bem. Pra que serve encontrar a localização? Isso nós já temos. Então nós mostramos a ele como funciona. Procuramos Taperoá, não tinha muitas fotos da cidade, só algumas. Conseguimos ver o centro da cidade, as ruazinhas, o açude. Meu avô ficou animado, queria voltar a todos os museus em que estivemos e ficar "caminhando" pelas ruas das cidades. Fez falta esse aplicativo quando visitamos Lima Barreto no Rio, não é, Natália? Vô, acredita que eu nem tinha pensado nisso antes? Bem-vinda ao grupo, Carla, disse meu avô. Eu fiquei feliz de a Carla poder participar conosco da viagem, confesso que senti umas rusguinhas de ciúme de dividir meu avô com ela, mas depois fiquei me sentindo meio besta porque ela sempre divide a mãe, o pai e os irmãos comigo.

Resolvemos ler o livro todo em voz alta e dividimos os personagens entre nós. Carla e eu quisemos interpretar Chicó e João Grilo: ela ficou com Chicó, e eu, com João Grilo. A Vivian foi chamada pra fazer a Nossa Senhora, mas demorou muito para a personagem dela falar e ela acabou ficando nervosa. Então pedimos a ela que fizesse o sacristão também. Vovô foi escalado para fazer o narrador (o palhaço), tia Maria fez o bispo, e papai, o padre. Carla fez o padeiro, eu fiz a mulher do padeiro e tia Maria fez Severino. Na cena final, o combinado era que papai fizesse o Diabo e vovô faria Jesus, mas não conseguimos ler tudo num dia só, paramos pouco antes do julgamento. Foi muito divertido. Meu pai leva jeito pra coisa de ator, de interpretar, fazer vozes diferentes. Comentei isso com ele depois, e ele me contou que foi do teatro, na adolescência. Teatro amador, Natália, mas eu amava. Taí: descobri um talento do meu pai que eu desconhecia e que nem poderia imaginar. Carla também é muito boa na leitura. Nós rimos o tempo todo. Até a Vivian se divertiu! Nunca teria imaginado ler um livro assim, em voz alta, com todo mundo reunido. Sempre pensei na leitura como algo mais individual, solitário.

Disse isso a todos no início da terceira chamada para falar sobre o *Auto da Compadecida* (será que vamos ficar nesse livro até o final do ano)? Meu pai disse: é o poder do teatro, colocar a palavra na boca, colocar o corpo em ação. Meu avô concordou, mas disse em seguida: uma coisa não exclui a outra, Natália, você pode continuar lendo sozinha, mas pode ler acompanhada também. O teatro é realmente um texto que chama, que convida a esse tipo de leitura, minha filha.

Nesse dia, o da terceira videochamada, meu avô veio com uma notícia bombástica: vocês sabiam que uma estátua de Suassuna foi derrubada há um mês em Recife? Como assim, "derrubada", vô? Derrubada, uma pessoa ou um grupo de pessoas foi lá e derrubou a estátua. Ela foi inaugurada em 2017, no Circuito da Poesia em Recife, onde se encontram outras estátuas em homenagem a escritores. Todo mundo quis ver foto da estátua. Até a Vivian estava superconcentrada nas explicações do meu avô. E derrubaram a estátua, saiu hoje nos jornais. Também pudera!, disse meu pai. Do jeito que o Brasil está, Suassuna quis se manifestar mesmo depois de morto! Se jogou, certeza! Meu avô riu gostoso. Você sabe que foi isso que a neta dele disse na notícia? E eu também concordo, Antonio. Se Suassuna estivesse vivo, estaria indignado com tudo o que estamos vivendo. Na minha opinião, às vezes ele se equivocava, mas se tem uma coisa que eu não posso negar é que ele era osso duro de roer, não cedia, não, disse meu avô. Estaria bradando aos quatro ventos. Meu pai quis saber no que Suassuna se equivocava. Meu avô disse que, no livro, essa coisa da religião é forte, e Suassuna defendeu a Igreja. Criticou, pai, não defendeu, não. Defendeu, Antonio. Ariano era católico, pai, disse meu pai. E acreditava na religião, que aliás faz parte da cultura, do imaginário do Brasil. Ah, isso é verdade. Essa religiosidade presente fortemente na cultura popular brasileira é muito bonita. Já grande parte dos líderes religiosos não são flor que se cheire, não. Desde quando você gosta da cultura popular brasileira, pai?, perguntou meu pai a meu avô. Desde sempre, oras! Desde sempre nada, sempre deu palpite nas minhas leituras, nunca achava que eram sérias e importantes o suficiente. A gente (Carla, Vivian e eu) quase pediu pra sair da ligação e voltar quando eles se resolvessem. Meu pai e meu avô juntos é sempre assim: um discorda do outro e começam uma discussão infinita. Parece que eles têm gosto de discutir.

Esse Suassuna causando até depois de morto, eu disse meio alto. Eles perceberam que tinham se exaltado e se acalmaram.

Vimos a estátua do Suassuna, disseram que tinha um metro e oitenta, fiquei pensando se essa era a altura dele ou se haviam esculpido todas as estátuas do mesmo tamanho. Nem meu pai nem meu avô souberam responder qual era a altura dele. O legal seria se fosse do tamanho dele, né?, eu disse.

Meu avô também havia descoberto um outro museu, que ainda não está aberto e nem sabemos se vai abrir, mas é lindo, vejam. E trouxe uma série de fotos de um museu todo diferente, exatamente como eu imaginaria um museu sobre o Suassuna: no meio do sertão, a mais de 400 quilômetros de Recife, numa cidade chamada São José do Belmonte, um castelo com mais de 15 metros de altura, repleto de elementos e cores da mitologia nordestina. Ele também não encontrou *site* desse museu, mas descobriu várias fotos e até vídeos tanto de fora, da arquitetura, quanto de dentro. Nós todos adoramos. Então meu avô explicou que o museu ainda estava fechado, que não tinham conseguido abri-lo. Eu perguntei: mas como? Como assim não abriu? Pois é, disse meu avô. Este país não respeita a história dos seus artistas...

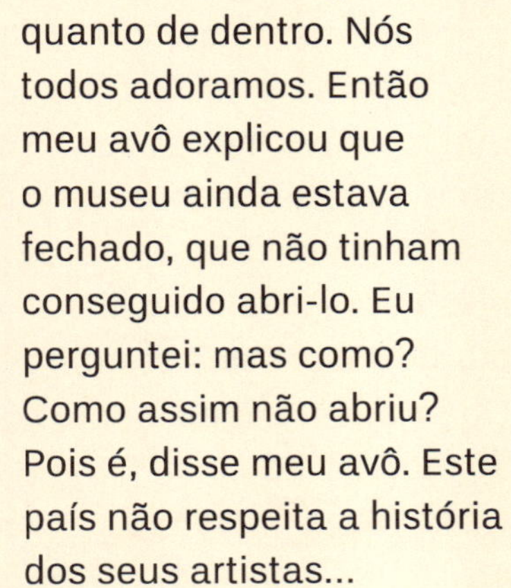

Nesse dia, lemos o julgamento final e foi muito divertido. Eu até decorei a fala de João Grilo depois, de tanto que li e reli.

Valha-me, Nossa Senhora,
Mãe de Deus de Nazaré!
A vaca mansa dá leite,
a braba dá quando quer.
A mansa dá sossegada,
a braba levanta o pé.
Já fui barco, fui navio,
mas hoje sou escaler.
Já fui menino, fui homem,
só me falta ser mulher.[5]

ARIANO SUASSUNA

Fiquei com muita vontade de conhecer os outros livros de Suassuna. Quando a escola reabrir, vou ver se há outros livros dele lá. E também fiquei com uma pontinha de vontade de conhecer esse tal Graciliano para poder opinar. Todos os livros que meu avô me indicou são bons, esse não deve ser diferente. Quando terminarmos a leitura, combinamos de ver o filme. Meu vô disse que era muito conhecido, e meu pai também, mas nem eu nem a Carla tínhamos visto, não. Depois perguntei para o José e ele também não viu. Nem a Thaís da minha sala. Ou seja, é um filme muito conhecido para o pessoal da idade do meu vô e do meu pai... rsrs.

Não dava pra gente se reunir, então meu pai, Vivian e eu vimos em casa, vovô viu de novo com tia Maria e Carla viu com seus pais e irmãos. Eu adoro assistir a filmes na casa dela. É sempre uma bagunça, e fiquei com muita vontade, mas resolvi não pedir a meu pai. Agora ele já me autorizou a ver a Carla, uma vez por semana, de máscara, para passearmos juntas.

O filme é muito divertido, rimos tudo de novo. Tem algumas diferenças em relação ao livro, e vovô cismou de marcar uma outra conversa sobre isso. Nos reunimos mais uma vez, mais uma videochamada! Fiquei achando que passaríamos o Natal ainda falando do Suassuna. Tia Maria trouxe aqui e também levou pra Carla biscoitinhos com goiabada. Carla me disse: deve ser muito bom ter uma avó assim! Avó, avó, fiquei pensando. Acho que eu gostaria de chamar a tia Maria de vó, afinal, ela é minha avó, oras! Mas já estou tão acostumada com isso de tia Maria que virou uma palavra só: "tiamaria". Não sei se conseguiria mudar. Quem sabe, um dia.

Minha vida anda muito melhor, e tanta coisa aconteceu que até deixei o Beto um pouco de lado. Combinamos de, na semana que vem, fazer algum passeio pela cidade juntos. Acho que, se eu pedir, meu pai não vai ligar, mas vou ter que deixar de fora esse negócio de beijo, por enquanto. Será que eu consigo? Poderia ter pandemia em outros tempos, não é? Ela vai me pegar assim, no meio dos meus 13 anos?

Agora já contei à Carla do beijo, mas não falei muito sobre isso com medo de chateá-la, sei lá. Já para o José eu descrevi toda a cena. Caímos na gargalhada várias vezes falando sobre a hora em que meu pai chegou naquele dia. Ele fala: a Natália é uma baita de uma azarada, o pai chega bem no dia que ela vai perder a BV dela. Que BV, que nada, eu sempre reajo. Eu já tinha dado beijo antes. Beijo de selinho não conta, não. Assim escrevendo, não dá pra entender, mas é muito engraçado quando ele narra a chegada do meu pai. Só de lembrar, eu dou risada de novo.

Como diz o Suassuna, quase toda história ruim de passar é boa de contar.

A noite já foi mais noite

Finalmente recebo um novo livro. Acho que é a capa mais bonita de todas. Uma imagem de rio, um pôr do sol entre o céu e o rio. Li outro dia uma reportagem que dizia que os povos antigos não reconheciam a cor azul, isto é, não a nomeavam. Fiquei tentando entender e não entendia, por isso comecei a pesquisar mais e mais. Sabe quando você passa horas na internet, se perde e quando vê já leu mais do que deveria sobre algo que nem estava procurando? Na reportagem, o jornalista parecia um pouco surpreso. Afinal, de que cor esses povos diziam que era o céu? Desde então, fiquei observando o céu e percebi que, na maioria dos dias, há muito pouco de azul. Há sempre branco e muitas outras cores, numa dança de vai e vem. As cores mudam num piscar de olhos.

No céu da capa do livro novo, quase não há azul, há branco, amarelo, laranja, talvez até cinza... Apenas uma mancha azul em forma de nuvem. Há uma floresta e um rio, as árvores e o céu espalhados nas águas. Eu adorei. E o título do livro também é bem bonito: *Faz escuro mas*

eu canto. O autor se chama Thiago de Mello. Foi começar a ler e ficar emocionada. Vovô mandou um de presente para a Carla também. Ela adorou e disse que minha vida é muito boa, cheia de docinhos e de livros novos. E não é que é mesmo?

São poemas. Dessa vez, quando fizemos a primeira videochamada eu já havia realmente devorado o livro todo. Tem uma leveza nas palavras desse Thiago de Mello que a gente está mesmo precisando neste mundo. Em todos os poemas, ou em quase todos, há uma esperança. Parece uma luz que brilha forte dentro do peito.

Pergunto ao meu avô por que ele escolheu esse livro e não uma narrativa, como ele tanto gosta. Meu avô diz: até você, Natália, quer me colocar numa caixinha, feito seu pai? Eu também gosto de poesia, minha filha. Você tem razão, eu prefiro uma boa história, mas gosto de poesia. Não pode? Pode, vô, pode. Mas, Natália, realmente escolhi esse livro pensando em você, em vocês agora. Quando partimos nessa viagem, eu imaginava que as paradas iniciais seriam outras, mas fui sentindo aqui e ali a necessidade de mudar o rumo – e teve ainda seu pai teimando comigo na última parada. Não excluí nenhum livro, mas digamos que passei uns na frente de outros. Quando a gente escolhe um livro de presente, precisa pensar no leitor, não é? Sei que você gosta muito de poesia, se deu muito bem com a Cora Coralina, por isso trouxe Thiago de Mello, o otimista entre os otimistas, viu, Antonio? Eu também sei dar leveza às coisas! Meu pai riu. Olha que agora você me surpreendeu, hein, pai?, ele disse. Mas acho que sei de onde vem tanto amor pelo Thiago de Mello. Não foi ele que escreveu aquele estatuto dos homens? Falando assim meu pai confessava que não tinha lido o livro, mas ninguém comentou nada. Então meu avô desatou a declamar o poema, conhecia-o de cor e salteado, assim na ponta da língua. Já adorei "Os estatutos do homem" quando li no livro, mas ouvindo e vendo meu avô recitando o poema, nossa, gostei mais ainda! Meu avô quer saber qual é nosso artigo preferido. Eu digo que é este aqui:

Artigo XIII

Fica decretado que o dinheiro
não poderá nunca mais comprar
o sol das manhãs vindouras.
Expulso do grande baú do medo,
o dinheiro se transformará em uma espada fraternal
para defender o direito de cantar
e a festa do dia que chegou.[6]

THIAGO DE MELLO

Havia outros trechos bonitos. Carla e meu pai também falaram os seus, mas esse aí mexeu muito comigo. Fiquei pensando e tentando entender quando o dinheiro pôde comprar "o sol das manhãs vindouras", também imaginei um grande baú cheio de medos, e o dinheiro lá entre eles. E pensava: como ele poderia ser usado para "defender o direito de cantar e a festa do dia que chegou"? Acredito que seria um bom decreto, vô, disse por fim. Um decreto para todos usarmos o dinheiro do jeito certo.

Meu pai não tinha lido o livro todo, mas também sabia falar sobre o Thiago de Mello. Meu avô disse que seu nome completo é Amadeu Thiago de Mello e que ele nasceu em Barreirinha, no Amazonas, em 1926. Ele foi estudar em Manaus, depois no Rio, depois foi exilado durante a Ditadura Militar, mas resolveu voltar para sua cidade natal quando retornou ao Brasil. Como Cora Coralina, vô! Sim, como Cora Coralina, ele sorriu. Mas disse que ainda mais isolado, pois ele foi para o meio da Floresta Amazônica. Pra chegar em Manaus precisa enfrentar umas boas horas de barco! Fiquei achando que eu estava monopolizando a conversa, afinal, meu pai e Carla também eram convidados. Acho que nessa hora senti um pouco de saudade de uma conversa apenas com meu avô, mas não disse nada, claro.

E ele continuou falando sobre o Thiago de Mello. Como das outras vezes, tinha feito o mapa astral do escritor e tecia suas análises a respeito do mapa. Sol em Áries, Lua em Escorpião. Um homem vigoroso, apaixonado, cheio de energia. A poesia dele é assim também: aquece a alma da gente, enche de vida.

Alguma coisa acontece comigo quando leio poesia, é como se mudasse algo dentro de mim cada vez que conheço um novo poeta. Fiquei pensando nisso.

Meu pai e meu avô estavam usando só o presente para falar sobre o Thiago de Mello, mas achei que era maneira de dizer, nem tinha passado pela minha cabeça que ele poderia

estar vivo. Perguntei, então, quando ele morreu, e os dois riram. Não morreu, não, Natália. Nossa! E quantos anos ele tem? 94, Natália, disse meu avô. Ou, como diziam antigamente, está com 95 nas costas. E está firme e forte, escrevendo, dizendo poemas. Que engraçado isso aí, vô. Então, eu tenho 13 anos, mas 14 anos nas costas?, Carla perguntou. Todos rimos. E você também tem 14 anos nas costas, Natália, e está pesado, hein? Pois já está chegando seu aniversário! Rimos de novo.

Carla e eu elegemos como preferido do livro o poema de onde veio o título. Ele se chama "Madrugada camponesa" e, em 1999, Thiago de Mello o dedicou ao MST, Movimento dos Trabalhadores Rurais Sem Terra. Vô, eu estranhei no poema estar escrito "em 1999", esse livro não foi publicado na época da ditadura? Foi, Natália, foi publicado nos anos 1960, mas o autor fez várias reedições do livro e, numa dessas, escreveu essa dedicatória que você destacou. Meu pai pegou o livro para ver o poema. Poucos minutos depois, disse: esse poema que vocês escolheram é perfeito também para o momento que estamos enfrentando. É lindo, do início ao fim. E começou a ler em voz alta:

Madrugada camponesa,
faz escuro ainda no chão,
mas é preciso plantar.
A noite já foi mais noite,
a manhã já vai chegar.[7]

THIAGO DE MELLO

Meu pai, então, disse que meu avô acertou em cheio. Pai, precisamos dessa voz do Thiago de Mello agora, neste momento: faz escuro, mas eu canto, disse ele, isso faz todo sentido agora. Aí eles falaram sobre a Ditatura Militar, a postura crítica do Thiago de Mello, os sentidos por trás desse livro que estamos lendo, dos poemas de protesto, que reivindicavam liberdade.

De repente, no meio da leitura dos poemas, meu pai diz, revoltado: fico pensando em como Thiago, vivo e lúcido, está sofrendo neste 2020, em que o desmatamento da Amazônia nunca foi tão acelerado, uma verdadeira devastação, o que é uma tragédia não apenas para o Brasil, mas para toda a humanidade. Todos concordamos e lembramos daquela tarde, há poucos dias, em que o céu ficou esquisito, de uma cor estranha, e os jornais noticiaram que era um dos efeitos das queimadas na Amazônia. Será mesmo que a noite já foi mais noite?, ele pergunta. Depois o pessimista sou eu, Antonio, diz meu avô. Pois é, pai, está mesmo difícil ter otimismo. Vamos ler Thiago de Mello, meu filho, para acalentar o peito, diz meu avô.

E relemos juntos vários poemas. Deixamos as palavras curando todas as dores que levamos no peito. A poesia de Thiago de Mello tem esse poder de reanimar a gente, disse meu avô. Achei bonito. Carla também. Saímos inspiradas da conversa, mandando alguns versos uma para outra.

Foi então que eu entendi melhor a capa. Até esse momento, não tinha voltado para ela. Não é o pôr do sol, mas o nascer do sol, aquele momento em que o Sol vai rasgando a madrugada. Perfeito para o livro *Faz escuro mas eu canto*, já que o poema diz que "a noite já foi mais noite, a manhã já vai chegar". É um poema sobre esperança, esperança num futuro melhor, após um longo período de dificuldade. Então resolvo comentar com eles a capa. Todos nós voltamos a ela. Deve ser ruim ser obrigado a ficar fora do próprio país, da própria terra, por questões políticas, Carla diz. Deve mesmo ser uma sensação muito ruim, eu digo. Meu avô diz: nada como a terra da gente. E sorri. Meu pai também.

Falamos ainda do primeiro poema do livro, "A vida verdadeira", que é lindo demais. Nos revezamos na leitura, Carla e eu. Será que agora todos os livros que formos ler serão assim, em voz alta? Eu achei a ideia boa. É gostoso ouvir na voz do outro um texto conhecido, ele ganha uma roupa nova, novos sentidos...

Eu já disse que minha letra é feia, mas não disse que, apesar disso, uma das coisas de que mais gosto é rechear cadernos coloridos com meus poemas e trechos de músicas favoritos, não é? Primeiro, eu faço uma colagem na capa, depois, começo a anotar tudo de que mais gosto: pedaços de músicas, frases, versos... Nunca fui muito de poemas de amor, mas agora, desde que beijei o Beto, há várias páginas com poemas de amor no meu caderno. Outro dia a Vivian o pegou e saiu lendo em voz alta pela casa. Vou te contar, viu? Ter irmã mais nova dá um trabalho! Fiquei com vontade de rasgar as páginas para ela nunca mais mexer, mas fiquei com dó e escondi meu caderno de 2020 (faço um por ano).

Nesse mesmo dia, meu pai, em casa, me mostrou um compositor de que gosta bastante, de quem ele lembrou por causa da nossa conversa sobre o Thiago de Mello. Por que lembrou dele, pai? Eles têm alguma relação entre si? Não sei se têm, não, tenho quase certeza de que não, mas os dois têm essa alegria, essa esperança, mesmo ao falar de coisas difíceis. O nome dele é Roque Ferreira. Meu pai e eu, nesse dia, ouvimos várias músicas dele juntos. E a que mais gostei foi exatamente a preferida de meu pai. Ele disse que nossa conversa tinha sido tão inspiradora que ele iria até mandar uns versinhos da música para a Fernanda, com quem tem falado todos os dias. Inclusive, outro dia, ele nos apresentou a ela por chamada de vídeo. Manda os versos do Thiago de Mello também, pai, tem um poema de amor lindo no livro. Outro dia, Natália, não posso mandar mil versos num dia só. Não pode, é? Ih, pai! Você não está meio velhinho pra fazer joguinhos? Se entrega! Joguinhos? Ele deu risada comigo.

A música preferida dele realmente é muito bonita, foi eu ouvir e ter vontade de mandar também para o Beto. Será que posso roubar a ideia do meu pai ou fica feio? Ela diz que a pessoa soltou foguete várias vezes imaginando que o outro, seu amor, chegaria. Diz ainda que, nesses momentos, ficava em seu canto, quieta, ouvindo a barulheira da saudade.

Eu achei isso escandalosamente bonito. A saudade é mesmo algo barulhento. A saudade fica fazendo um barulho dentro da gente. Quando é saudade demais, saudade que dói e que não tem jeito de resolver, ela faz tanto barulho que fica quase impossível ouvir qualquer outra coisa. A ausência ocupa um espaço tão grande, faz tanto ruído, que acabamos metendo os pés pelas mãos. Mas quando é saudade boa, o barulho é bom. Bom feito queda-d'água, feito riacho, feito som da chuva na janela.

A saudade que ando sentindo do Beto é assim, saudade boa. Resolvo não mandar os versos da saudade barulhenta pra ele, não sei se ele entenderia ou se acharia que eu sou meio doida.

Lembro de novo do poema "A fruta aberta" (olha que nome sugestivo), do Thiago de Mello. Procuro no livro, encontro. Releio, suspiro. Resolvo mandar um pedacinho para o Beto. Digito:

Agora sei quem sou.

E sigo copiando os versos todos. Quando termino de digitar tudo, releio e... apago. Resolvo dizer apenas:

Oi, Beto. Estou com saudades.

Dois minutos depois, ele responde:

Eu também. Quando é que a gente se vê, hein? ☺

A manhã já vai chegar

Carla disse que não namoro nunca porque sou devagar quase parando. Como assim: até agora vocês só deram uns beijinhos? Quanto tempo faz isso? Um mês, dois? Sei lá, Cá, faz um tempo. Mas aconteceu muita coisa, e tem a pandemia. Ná, se depender dos nossos pais, vamos ficar anos dentro de casa, sem ver ninguém. Você tem escapado, Carla? Achei que só estivesse saindo para as nossas caminhadas. Mas é lógico que estou escapando, Natália, não ia aguentar ficar tanto tempo dentro de casa. E como você faz isso? Seu pai não está o tempo todo em casa? Ah, Natália, eu dou um jeito. Meus irmãos estão dando uma escapadinha também de vez em quando, a gente se ajuda. Já reparou como a vida da gente virou uma prisão domiciliar? Todo mundo zanzando por aí e a gente presa olhando para as paredes?

Fico sem saber quem tem razão. Meu pai, a mãe e o pai da Carla ou a Carla e os irmãos? Se fosse assim, seria fácil de resolver, pois são vários adultos e quatro adolescentes. Os adultos neste caso, por mais que eu não quisesse concordar, teriam razão. O problema é que até os adultos da família estão se desentendendo. As questões sobre política, que já eram difíceis, estão beirando o insuportável. Isso porque ninguém se reuniu ainda, digo, todos os tios e tias juntos. É tudo pelo celular mesmo, maior discussão porque querem fazer as festas de fim de ano, programar as festas, e metade dos meus tios, incluindo meu pai, é contra, e outra metade é a favor. Dois dos meus tios nem máscara estão usando mais, dizem que a mídia está exagerando, que esse número de mortes é falso, que estão sendo obrigados a trabalhar, então já estão expostos e ponto. Marcaram até viagem com várias pessoas na virada do ano. Maior briga no grupo. Meu vô e tia Maria não opinaram, e olha que meu vô é sempre de opinar e de comprar brigas. Eu estranhei, mas acho que eles não querem apoiar um filho e recriminar outro. Já pensou ter oito filhos? Já é difícil ficar em harmonia com uma irmã só, se ficar esperando oito concordarem com algo, vai ter que ficar esperando sentado. Ainda mais que todos, sem tirar nenhum, puxaram esse jeito meio turrão do meu avô e adoram uma briga. E ainda tem a família da esposa de um, do marido de outra... Nossa, é muita gente brigando!

Tenho vontade de fazer como a Carla e usar de artimanhas para escapar, ver o Beto, mas ao mesmo tempo fico achando injusto com meu pai, logo agora que nos entendemos. Ele tem me deixado sair para caminhar com a Carla, de máscara e tudo mais. Acho que se eu pedir para ver o Beto, ele não vai negar, só vai passar uma lista imensa de orientações, incluindo "proibido beijo". Certeza.

Reflito se devo pedir a meu pai ou escapar de novo. Se escapar, a vantagem é que posso beijar, porque já estarei fazendo coisa errada mesmo... Se pedir a ele, não vou ter coragem de não seguir o que ele disser. Isso não é contraditório? Engraçado como a cabeça da gente funciona.

Resolvo abrir o jogo – não todo, mas em parte – com meu pai. Ele me autoriza a ver o Beto, mas em lugar aberto, a distância, de máscara, toda essa novela. Parece que no aspecto liberdade, tão cantada pelo Thiago de Mello, minha vida regrediu muito. Eu nunca fui obrigada a pedir autorização para andar pela cidade antes da pandemia.

Ontem fizemos nossa última videochamada sobre Thiago de Mello. Meu avô novamente trouxe a notícia de que não havia museu para ver, que há anos existem movimentos para construir um museu para organizar as relíquias de Thiago: manuscritos, obras de artes, objetos antigos... Ele encontrou, inclusive, uma casa em Barreirinha, no Amazonas, onde Thiago morou, que deveria ter sido transformada em espaço cultural, mas está abandonada... Alguns artistas se reuniram neste ano para tentar recuperar o espaço, que seria muito importante para a cidade se funcionasse. O espaço é chamado de Casa da Frente.

Meu avô também encontrou um memorial em homenagem ao Thiago de Mello feito no Paço da Liberdade (Museu da Cidade de Manaus). É um mural, um busto dele e alguns quadros que ele ganhou de vários artistas. Thiago de Mello morou em diversos países e fez amizade com muitos artistas famosos, como Pablo Neruda e Joan Miró. Meu avô nos mostrou um vídeo que conseguiu, fotos do Paço das Artes e foto da Casa da Frente (ficamos assustados, esse espaço em Barreirinha parece muito abandonado). Ele disse que há uma série de iniciativas para criar um espaço cultural sobre a obra do Thiago, mas que não deu nada certo ainda. Este nosso país não dá valor à arte... Essa frase já virou um mantra na nossa viagem literária pelo Brasil.

Vovô também não encontrou nenhum manuscrito de Thiago de Mello na Biblioteca Nacional digital; parece que só há manuscritos de obras em domínio público. Resolvemos então procurar Barreirinha para conhecer melhor a cidade natal do poeta. É uma cidade que fica praticamente no meio de um rio. Para se deslocar para bairros mais distantes, é necessário usar o barco. Um lugar no meio da Floresta Amazônica. Ficamos vendo vários vídeos e imaginando Thiago pequenininho vivendo lá (ele se mudou para Manaus aos 5 anos). Fiquei pensando na força da cidade natal na vida das pessoas, a ponto de ele, Thiago, retornar para esse lugar, que é distante de Manaus, onde morou por um tempo, e mais ainda do Rio de Janeiro, onde também viveu. Que força é essa que a terra natal tem dentro de uma pessoa? Tentei dizer isso para todos, mas não sei se me expressei bem. Lembrei daquela frase da Cora Coralina sobre os avós. Fiquei pensando no quanto a floresta habita o coração do Thiago de Mello. *Faz escuro mas eu canto* só poderia ter sido escrito por alguém que observa muito a natureza, vô, acabo por dizer. Meu avô sorri naquela nossa cumplicidade de sempre. Sim, Natália, a natureza tem muito a nos ensinar. Como ele diz no poema, "a noite já foi mais noite, a manhã já vai chegar".

Desligamos a chamada com esperança de tempos melhores. A poesia do Thiago de Mello ajudou um bocado.

Pego o celular e proponho ver o Beto no dia seguinte. Ele não visualiza nem responde, fico lá esperando uns minutos. Fico ansiosa. De repente, desisto de esperar. Vou tomar um bom banho e deixar o tempo passar. Só depois, bem depois do jantar, pego o celular de novo e lá está a resposta:

Claro. Vamos caminhar pela cidade?

Mando uma carinha feliz:

Abro a janela para olhar o céu. Não consigo ver a Lua, está nublado. Fico olhando os telhados das casas e pensando na minha terra.

À moda antiga

Ontem finalmente encontrei o Beto. Foi o grande acontecimento do dia. Da semana. Do mês todo. Aqui, na nossa cidade, tem uma imensa paineira em uma pracinha, próxima ao rio (que é sujo, uma pena!). Lá costumam ir casais de namorados, crianças, velhinhos. As pessoas se sentam à sombra e ficam conversando. Nos fins de semana, a paineira está sempre cheia, mas, durante a semana, ainda mais agora na pandemia, costuma ficar vazia. Foi ideia do Beto ir até lá. Nossa, faz tanto tempo que não paro lá, pensei quando ele sugeriu. Fazia isso quando era pequena, eu adorava fazer piquenique na paineira.

A preparação durou horas. Já tinha escolhido a roupa bem antes, mas no fim esfriou um pouco e precisei escolher outra. Imaginei nosso reencontro umas 20 vezes. Tive o azar de acordar com uma grande espinha no buço, logo acima do lábio. Assim, do nada. Fui dormir sem a espinha e acordei com a espinha. Primeiro, fiquei em pânico, um minuto depois, lembrei da máscara. Nunca uma máscara veio tanto a calhar! Essa espinha horrorosa vai ficar muito bem escondida, pensei, muito mais do que com maquiagem.

Está para chegar um livro novo. Meu avô ligou perguntando se eu já havia recebido, mas ainda não tinha chegado, não. Fico sempre curiosa... Para onde será que iremos dessa vez nessa viagem?

Meu pai veio pra cá na hora do almoço e trabalhou de casa para eu poder sair. Cismei que a Vivian está ficando muito na frente da TV. Comentei isso com meu pai, e estamos procurando encontrar saídas para ela não ficar o dia todo parada. Ele tem tentado levá-la a lugares abertos duas vezes por semana, e ela tem caminhado um pouco comigo aqui pelo bairro quase todos os dias. Acho que nunca na vida tinha passado tanto tempo perto de uma pessoa. Vivian e eu passamos quase 24 horas por dia juntas!

Foi chegando a hora do almoço e eu fui ficando mais agitada. Beto só viria no fim da tarde, por volta das cinco. Ora o tempo parecia correr, ora parecia estar pingando, bem devagarinho. Olhei para o relógio, o do celular e o grande que fica na cozinha, umas 200 vezes ontem.

Fiquei pronta às quatro e meia. Quando Beto chegou, eu não estava com a roupa do avesso, mas meu coração batia tão forte que fiquei com medo de ele conseguir ouvir as batidas.

Desci, abri a porta e saímos. Ficamos andando ao longo do rio até chegar à paineira. Encontramos um cantinho e nos sentamos. Durante o caminho, fomos conversando mil coisas, eu e meu jeito de falar demais quando estou ansiosa. O bom é que ele também fala muito e também parecia ansioso. Mas, ao chegarmos, o silêncio reinou e ficamos alguns minutos olhando um para a cara do outro. E eu pensando: nossa, como o Beto é bonito! Tem os olhos bem pretos, que parecem olhar a gente por dentro, e eles ficam ainda mais destacados com a máscara. Acho que se não fosse a máscara, aconteceria um outro beijo naquele momento, mas eu rompi o silêncio para dizer: Beto, prometi pro meu pai que eu ficaria a distância. Mas que promessa, hein, Natália! Seu pai é ciumento assim? É a pandemia, Beto, tenho visto meus avós todos os dias, por poucos minutos, mas é preciso cuidar deles. E você, não fica preocupado? Sua avó não mora com você? Mora. Mas se eu estou isolado e você também, não tem problema. Ele fez que ia tirar a máscara. Beto, mas se todo mundo pensar assim, essa pandemia não acaba nunca. Segurei a mão dele quando ele ia tirar a máscara. Ele aproveitou e agarrou minha mão. Senti de novo aquele arrepio nas costas, minha respiração até ficou diferente. Ficamos assim, um tempo, em silêncio, de mãos dadas, na sombra da paineira. Nunca na vida toda tinha sentido essa sensação no corpo, essa vontade de estar perto, essa felicidade imensa de uma vez só. Queria poder guardar essa sensação num potinho para poder prová-la sempre.

O sol se põe, acompanhamos seu movimento de descida no céu. Novamente, se não fosse a pandemia, seria a hora perfeita para um beijo.

Retornamos para minha casa de mãos dadas, até certa altura. Em determinado momento, soltamos a mão. Voltamos falando sobre os amigos, as tardes na casa da Carla, o samba, como será tudo logo após a vacina. Na frente da minha casa, não conseguimos encontrar uma forma de nos despedirmos. Ele disse que precisamos repetir o passeio, que foi muito bom estar perto de mim. Eu disse que sim, que vamos marcar, que eu também adorei, que é sempre bom estar perto dele.

Entrei em casa, fechei a porta, enchi minhas mãos de álcool em gel. Metade de mim pensava: que orgulho! Que bom que eu soube manter o que prometi ao meu pai. Mas a outra metade dizia: que burra! Que burra! Por que não dei nem um beijinho nele? Fui tomar banho pensando nele, jantei pensando nele, lavei a louça pensando nele. Por incrível que pareça, eu não lembrava mais com clareza o que sentia na presença do Beto, mas, depois do passeio, voltei pra casa encharcada de Beto.

Fiquei pensando na paineira... Quantos anos será que ela tem? Procurei na internet quanto vive uma paineira e não consegui encontrar uma informação precisa, mas descobri que existem árvores que vivem 4 mil anos. 4 mil anos, 4 mil anos... Essa informação mexeu comigo. Quantos anos será que tem a nossa paineira? Deve ser mais velha do que a cidade. Quanta coisa ela deve ter visto: as pessoas e seus problemas, suas violências, seus amores. Lembro de alguém ter me dito que havia várias paineiras gigantes, mas que conservaram uma só quando construíram a estrada. Será que inventei essa lembrança ou ela existe mesmo? De repente, desenterro outra lembrança. Ou será que a invento? Um piquenique. Meu pai, minha mãe e eu. Estamos lá rindo, a Vivian está na barriga da minha mãe, que está imensa. Minha mãe está bonita; meu pai, todo carinhoso. Recolho do chão flores para ela, ela coloca um raminho no seu cabelo e outro no meu. Com quantas cores será que colori essa lembrança? Por onde ela andava antes?

A paineira presenciou muita coisa da cidade e muita coisa da minha vida. Invento narrativas. Será que meu avô passeava com a minha vó lá? Será que também ficavam assim, de mãos dadas, sem beijo, olhando para o rio? Será que o rio ainda era limpo?

Será que o coração deles também disparava? Será que minha avó Solange, mãe do meu pai, voltou pra lá grávida? Será que ficava lembrando do primeiro beijo? Ou de um amor antigo? Eu não sei de nada, mas a paineira sabe. Está aí há séculos. Há milênios? O que será da minha história com Beto? Seremos namorados? Ficaremos para sempre juntos e lembraremos desse passeio daqui a muitas décadas? Ou traçaremos outros caminhos? E tudo o que vivemos hoje, esse sentimento, essa sensação no corpo... Será que isso fica? Quanto tempo vive uma paineira? Quanto tempo vive um amor?

Peguei meu caderno e comecei a escrever:

À moda antiga
sinto meu amor crescer
feito pão no forno.
No tempo das coisas boas.
No tempo dos espaços abertos.
Meu amor vai tomando forma.
Ele vem de longe,
atravessou o tempo-espaço
como um pássaro que há milênios
encanta a árvore da vida
e pousou no meu coração.
É feito de voos e silêncios
e de palavras macias.
Meu amor ao vento
Retorna, retorna.

Dançando *funk* na mureta da escola

Dia desses, logo que saí da cama, chegou um pacotão imenso dos Correios, o maior de todos, do ano todo. Quem não gosta de abrir pacote grande? Quem não gostaria de um presente desses? Meu pai ainda estava tomando café, sossegado, pois conseguiu uns merecidos dias de folga. A situação agora em outubro parece ter melhorado um pouco. As escolas privadas estão reabrindo e, talvez, logo mais meu pai autorize que eu vá a uma das aulas presenciais. Ele disse que está aguardando ainda, pois não se sente seguro com esse retorno, afinal, a pandemia está longe de acabar. Tem horas que eu acho meu pai e meu avô muito diferentes, mas tem horas que acho os dois muito parecidos!

Foi uma delícia abrir o pacote. Ao lado dele, um cartão com assinatura do meu pai, do meu vô e da tia Maria. Presente adiantado de Natal, viu, Natália? Seu avô me convenceu. Eu nem reclamei e, embora tivesse outras ideias para meu presente de Natal, fiquei deslumbrada com o pacote e, depois que o abri, mais ainda. Eram três livros numa caixa linda. “Machado de Assis – Todos os contos” estava escrito na caixa, com lindas ilustrações coloridas de pessoas com roupas antigas: um homem de costas declamando um texto que trazia nas mãos; uma mulher com as mãos na cintura e uma expressão de incômodo e, talvez, de cansaço; outro homem olhando pra cima, com as mãos cheias de objetos e o olhar talvez de sofrimento; dois homens adultos conversando numa mesa de bar, um deles, de frente, está fumando e de pernas cruzadas; um homem sentado na cadeira do barbeiro, que está fazendo sua barba; e, no centro, no lado esquerdo, um casal: uma mulher olhando

para um lado, o olhar meio vazio, e um homem carrancudo, olhando para a frente, o olhar dele quase esbarra com o nosso, o dos leitores. Ainda há um azulejo cheio de detalhes no canto direito, no alto, e uma bananeira embaixo, no canto esquerdo. As letras do nome "Machado de Assis", que está deitado na página, são todas trabalhadas, cheias de desenhos antigos. Fiquei um tempão só olhando para a capa da caixinha, antes de pegar nos livros, cada um de uma cor: azul, laranja e verde.

Obrigada, pai, disse, enfim, e ele nem se incomodou com a demora, pois tinha ficado contemplando minha alegria. Essa é a nova leitura que faremos, pai? Sim, filha. Papai disse que Machado não poderia jamais ficar fora da lista, Natália. Eu particularmente acho difícil para a sua idade, mas também achava outros livros que vocês leram difíceis, e seu avô encarou a viagem com você, e você gostou... Minha professora também gostou das escolhas do vovô, pai. Sim, eu sei, Natália. Seu avô é um cabeça-dura, mas entende de livros e entende da neta. Eu ri.

Fiquei tão feliz! Uma parte de mim sente saudade de falar sobre os livros apenas com o meu avô, mas outra gosta muito de poder dividir esse momento também com meu pai e com a Carla. Pensei na Carla e fiquei preocupada. Pai, e a Carla? Esse livro parece caro, mas vovô comprou pra ela também, né? Não peçam para a tia Sonia, não, viu? Eles estão com a grana apertada, mais do que antes... Eu sei, filha, não se preocupe. Vovô comprou um, eu comprei outro, assim vocês duas ganham o presente. Acho que a Carla deve ter ficado feliz. Penso em ligar pra ela, mas ainda é cedo. Mando uma mensagem. Pouco tempo depois, ela manda foto da estante com os livros do Machado de Assis. Ligo para meu avô, tia Maria atende e diz que, como sempre, ele está na varanda, tomando café e lendo. Sinto vontade de ir até lá dar um abraço nele e fazer mil perguntas sobre o autor que iremos ler.

Meu avô, alegre, atende o telefone e me diz que imaginava que eu iria gostar. Escolhi pensando em você, Natália, uma edição bem bonita, com capa bem cuidada, assim como você gosta. O que você sabe sobre Machado de Assis? O que eu sei? Nada, respondo, não sei nada. Já ouvi esse nome algumas vezes, mas não me lembro de mais nada. Não se fazem mais escolas como antigamente, ele suspira. Machado de Assis não pode ficar fora do currículo. Acho que está no Ensino Médio, vô. É? É. Melhor, então. Mas eu acho que você vai gostar bastante da leitura agora mesmo.

Vô, quanto tempo vamos ficar nessa parada? Meses? Nada, Natália. Será nossa última leitura do ano, minha neta, mas o fim do ano está logo ali, então não serão meses, não. E eu vou conseguir ler todos os contos? E quem disse que é para ler todos de uma vez, minha filha? Escolhi o presente para você ir, ao longo do tempo, degustando tudo o que Machado tem a oferecer. Aliás, tudo não, porque estes são os contos. Depois, quero que você conheça os romances. No futuro, quando você olhar para esse livro, quero que se lembre de mim.

É seu autor preferido, vô? Sim, Natália. O preferido do mundo todo, mesmo incluindo os autores não brasileiros. Machado, a meu ver, é imbatível. Fala de minha terra, tem minha cor de pele, escreveu como ninguém sobre o Brasil. Tem a sua cor de pele? Sim, Natália, por que a surpresa? Porque eu não imaginava... Ele riu. Pois é, o maior escritor brasileiro foi por muito tempo embranquecido. Mas ele era negro, negro assim como você?, pergunto. Não sei se exatamente com o meu tom de pele, Natália, não dá pra saber ao certo, mas dá pra saber que era um homem negro. E esse fato muitas vezes foi intencionalmente excluído do debate de quem estuda e lê sua obra, como se fosse irrelevante, e não é. Até comercial com ator branco interpretando o Machado de Assis fizeram há um tempo. É? É, minha filha. Mas houve reação do movimento negro, felizmente, e refizeram a gravação do comercial com um ator negro.

Fiquei com vontade de perguntar para a Cris, minha professora, sobre isso tudo. O que será que ela pensa disso? Enquanto pensava essas coisas, meu avô me abordou de repente. Natália, você se considera negra? Essa pergunta me pegou de surpresa. Por que a pergunta, vô? Porque você disse agora há pouco: "negro assim como você". É mesmo!, eu disse isso, penso. E então?, ele me pergunta. Tem horas que sim, tem horas que não. Como eu já comentei com você, vô, eu já senti preconceito em relação ao meu tom de pele algumas vezes. Ao mesmo tempo, já tentei me dizer negra e ouvi que sou desbotada. Também já ouvi que sou mestiça. Você mesmo me disse isso uma vez, que sou mestiça, assim como Lima Barreto. Sim, ele é mestiço, mas não deixa de ser negro, Natália, assim como você. Onde você ouviu isso de ser desbotada? Uma de suas tias? Não, na casa da Carla. Acho que minhas tias não me chamariam assim, afinal muitas delas têm o meu tom de pele... E então, na casa da Carla, é? É, lá quase todos são negros. Como assim "quase todos", Natália? Ué, vô, quase todos que frequentam lá: a Carla, os irmãos, os pais, alguns primos, e os amigos da rua dela... Nem todos são negros, mas quase não tem branco. Você já tinha percebido isso, Natália? Não, demorei para me dar conta, vô. E você ficou chateada por chamarem

você de desbotada? Na hora fiquei, mas depois passou. Posso fazer mais uma pergunta, minha filha? Pode, vô, claro. Para você, o que é ser negro? Ai, vô, ser negro é ter a pele escura, o cabelo crespo... E só? Fiquei tentando entender aonde ele queria chegar. Então, se o cabelo de alguém é menos crespo, ele deixa de ser negro? Ou se tem a pele mais clara? Sim, vô. E passa a ser branco? Não, vô. E passa a ser o que, então? Eu não sabia responder. Pode ser que o tom de pele de Machado de Assis fosse como o seu, Natália, ou como o meu, mas o fato é que ele era um homem negro. E desde sempre houve uma tentativa de apagar isso da história, como se fosse possível. Então, eu posso me dizer negra ou não? Pode, mas a sociedade também te identifica racialmente. Ai, que conversa confusa, vô! O que quero dizer, Natália, é que ser considerado branco ou ser considerado negro não é assim totalmente fixo. Ou, melhor dizendo, um homem assim como eu ou seu pai é considerado negro em qualquer lugar, mas há outros que podem ora ser considerados negros, ora ser considerados quase brancos.

Você acha que é coincidência sua melhor amiga ser uma menina negra, Natália? E você gostar tanto de frequentar a casa dela? Nunca tinha pensado exatamente desse jeito, vô. Por exemplo, José é muito meu amigo e é branco. Também tenho amigas na escola que são brancas. O que tem na casa da Carla, Natália? Por que você gosta tanto de estar lá? Ah, vô, tem o samba, tem piscina de plástico, tem um ambiente alegre, vivo! E você acha que isso não tem nada a ver com negritude?

Meu avô faz perguntas difíceis. A conversa era sobre o Machado e de repente virou sobre mim. A casa do meu avô também é um ambiente alegre, cheio de gente... Nunca havia percebido essa relação entre a casa do meu avô e a casa da Carla. Já tinha ouvido falar de Machado de Assis algumas vezes, mas nunca tinha lido nada dele nem sabia que era um homem negro. Que coisa!

Meu avô disse que começaríamos a conversar sobre o Machado a partir da leitura de um de seus contos, "Pai contra mãe". Não é um texto longo, Natália. Conhecendo você, sei que vai ler com facilidade. Vamos marcar uma chamada com todos para daqui a dois dias?

Desliguei o telefone, com vontade de falar sobre muitas coisas, sobre mim mesma, sobre isso de ser e não ser negra, sobre a casa da Carla, a rua da Carla, a escola da Carla. Sempre gostei mais da escola da Carla do que da minha, mas meu pai rala tanto pra pagar a mensalidade que nunca me arrisquei a dizer isso. Ela tem mais liberdade, aquela Semana de Arte que acontece lá todos os anos é muito mais legal do que as festas da minha escola. Carla reclama de alguns professores que abrem o livro e não dão aula, mas, ao mesmo tempo, o professor de História dela é incrível! Se eu pudesse escolher, estudaria na escola da Carla, mas nunca tinha parado pra pensar nisso tudo assim. Na escola onde estudo, quase não há outros alunos negros. Nunca tinha parado para analisar isso assim, desse jeito. Já na escola da Carla, não. Lá estão seus vizinhos, seus irmãos, seus primos e tantos outros meninos e meninas negras. Uma vez fui visitar a Carla na escola. Ela estuda à tarde e é superfácil entrar lá no intervalo. Eu estava subindo a rua e, de longe, já conseguia ouvir o som de *funk*. Na mureta da escola, várias meninas e alguns meninos dançavam, faziam aquele passinho do quadradinho. Eu achei tão divertido! Mais divertido ainda quando reconheci a Carla no meio deles dançando. Inimaginável isso na minha escola.

Foi pensando nisso tudo que eu comecei a ler Machado, sem ler ainda o conto que meu avô havia sugerido. Esperava encontrar em Machado algo parecido com Lima Barreto, mas o que fui lendo era completamente diferente.

Fui passando pelos contos, lia algumas páginas, mudava. Parei num conto: "Noite de almirante". Precisei procurar no dicionário a palavra "almirante". E esse eu li inteiro. Depois que terminei de ler, fiquei com um desejo imenso de falar com alguém sobre a história. "Quando jurei, era verdade", disse a mocinha Genoveva. Pude sentir as dores de Deolindo e imaginar a raiva que ele passou. Eu também, no lugar dele, fingiria para todos, no dia seguinte, que estava tudo bem comigo. Fui tentar ler mais um conto e adormeci.

Sonhei com a casa da Carla: todo mundo cantando, dançando, rindo. Uma grande festa. Que saudade!

Nem todas as crianças

O conto que meu avô pediu que a gente lesse é uma das histórias mais cruéis que eu já li na vida. Terminei de ler pouco tempo antes do horário marcado para nossa conversa. Ainda bem, porque eu tinha muita coisa para falar sobre a história com todos. Nos dois dias anteriores, tinha lido diversos contos do Machado. Os textos são, sim, mais difíceis, as palavras mais complexas, mas as histórias são muito interessantes. Se a gente começa uma, não consegue deixar de ler inteira antes de dormir.

Estava ansiosa para falar sobre tudo isso com meu avô, meu pai e Carla, quando meu avô começou a apresentar Machado. Joaquim Maria Machado de Assis nasceu em 21 de junho de 1839, no Rio de Janeiro. Geminiano, Machado tinha ainda Mercúrio em Gêmeos, local

de domicílio de Mercúrio, onde todo seu potencial é intensificado, conhecido, aliás, como o Mercúrio dos escritores, próprio de grandes contadores de histórias. Além disso, ele tinha Saturno em Sagitário, Vênus em Leão e Marte em Virgem, ou seja, um mapa astral de alguém com uma vasta produção, perfeccionista e com grande facilidade para se comunicar. Meu avô falava com paixão sobre o mapa astral do seu escritor favorito, e eu acompanhava, desta vez querendo concordar com ele.

Vô, realmente está pra nascer alguém com a habilidade dele de contar histórias. Nesses dias li vários contos, um melhor do que o outro. Quais? Meu avô queria saber. “Noite de almirante”, “A cartomante”, “Uns braços”. Nossa! Que seleção boa a sua, Natália. Como você fez para escolher os contos? Leu por acaso? Escolhi pelo título, fiquei curiosa pelos títulos. Já separei outros que quero ler. E o que você achou desses contos, Natália? Eu adorei, fiquei muito presa nas histórias, mas não encontrei o que achava que encontraria. Como assim? Nesse conto que lemos para a conversa, sim, mas nos outros, não. Achei que em tudo o que ele escreveu teria discussões a respeito da questão racial. E por que teria, Natália? Não sei, depois da nossa conversa no dia que o livro chegou fiquei pensando que esse seria o tema principal da obra dele. E qual é o tema principal, em sua opinião, já que conheceu quatro contos? Não sei, vô, talvez sejam... Os relacionamentos humanos? Meu avô sorriu, meu pai e Carla nesse momento tinham ficado meio de lado, mas entenderam que era uma troca importante entre mim e meu avô.

Carla também ficou surpresa quando ouviu que Machado de Assis era negro. É impressionante como, no nosso imaginário, os escritores são sempre brancos, meu pai comentou. Quem construiu isso?, meu avô disse. E nos pusemos a falar sobre o conto “Pai contra mãe”.

Eu fiquei horrorizada, disse Carla, como Candinho pôde ser tão cruel? Sim!, eu concordei. A gente passa o conto todo acompanhando o sofrimento de Candinho e Clara, torcendo para que não precisem levar o filho à roda dos enjeitados. No momento em que ele está se demorando, entrando em ruazinhas para prolongar o caminho, encontra Arminda e toda aquela violência acontece, sem que o personagem nem perceba o sofrimento dela..., eu disse. E aqueles instrumentos de tortura descritos no início do texto, diz meu pai, são muito violentos. Meu pai relê um trecho em voz alta:

> *Um deles era o ferro ao pescoço, outro o ferro ao pé; havia também a máscara de folha de flandres. A máscara fazia perder o vício da embriaguez aos escravos, por lhes tapar a boca. Tinha só três buracos, dous para ver, um para respirar, e era fechada atrás da cabeça por um cadeado.*[8]
>
> MACHADO DE ASSIS

Pegou pesado, pai, ele diz ao meu avô. Pode ser que sim, Antonio, mas para mim esse conto explica as relações sociais do país, relações que ainda persistem em nossa sociedade, inclusive neste momento de pandemia.

Ficamos todos encantados com as análises do meu avô. Confesso que até tive um mal-estar lendo o conto, é realmente muito pesada aquela cena da Arminda, grávida, tentando se libertar de Candinho, capitão do mato, enquanto ele a conduz, em busca da recompensa, ao senhor mau. Tento explicar isso a todos, o quanto essas cenas me fizeram mal. Carla também relata a mesma sensação de desespero. Meu pai diz que a frase "Nem todas as crianças vingam" não saiu de sua cabeça por anos, desde que conheceu esse conto. Pois é, disse meu avô. Há uma relação profunda entre esse momento histórico vivido pelos personagens e o Brasil de hoje. Durante séculos no Brasil, pessoas negras foram escravizadas e ainda hoje há quem hierarquize vidas, escolhendo quais valem mais, quais valem menos. Que triste isso, vô! Pois é, Natália. O protagonista do conto também é pobre, também está por um triz, mas na escala social ainda está acima da personagem que aparece no fim: mulher, negra, escravizada.

Por que você disse que esse conto tem a ver até com a pandemia, seu João?, Carla pergunta. Então, meu avô questiona: vocês viram quem são as pessoas que estão morrendo? A maior parte das mortes é de pessoas pobres e negras. A doença não distingue classe social, cor da pele, mas a cura, sim. Tratamento adequado, boa alimentação, qualidade de vida, tudo isso ajuda bastante a pessoa a se recuperar. É claro que existe risco para todos, essa doença não é de brincadeira, mas os dados mostram a diferença de contágio e letalidade entre mais ricos e mais pobres e entre brancos e negros. Candinho, por mais que fosse paupérrimo, é branco, e isso o distingue dos negros, coloca-o num degrau superior numa escala social racista como a nossa.

Ouvimos, indignados, meu avô falar tudo isso. Então relembramos o movimento Black Lives Matter ("Vidas Negras Importam"). Como são necessários esses movimentos, meu pai diz. E aproveita pra falar do movimento negro, das histórias de luta e resistência do povo negro que foram propositalmente excluídas dos livros. Vocês hoje estudam um pouco isso, já vi Natália falando alguma coisa a respeito dos movimentos de resistência, mas na minha época não se falava nada, era como se os negros não tivessem lutado e conquistado direitos! Eu ouvia isso tudo muito incomodado. Meu avô relatou a mesma coisa, e contou histórias ainda mais terríveis a respeito de como a escola e a universidade ensinavam sobre a escravidão quando ele era jovem.

Carla compartilhou conosco um texto que estudou nas aulas de História, no ano passado. Ela já havia me mostrado o texto antes, meu pai e meu avô ficaram encantados com a escolha do professor dela e quiseram saber mais sobre ele. É um professor negro, Carla?, quis saber meu avô. Ah, é assim como a Natália! Então é negro, sim, Carla, eu respondo.

Eu não tenho professores negros, nenhum, nenhum. Já tive uma professora negra, quando era bem pequena, mas há anos todos os meus professores são brancos. Está aí outra coisa sobre a qual eu nunca havia pensado direito.

Voltamos a falar do conto do Machado, relemos juntos um trecho que a Carla destacou para entender melhor:

> *Ora, pegar escravos fugidios era um ofício do tempo. Não seria nobre, mas por ser instrumento da força com que se mantêm a lei e a propriedade, trazia esta outra nobreza implícita das ações reivindicadoras. Ninguém se metia em tal ofício por desfastio ou estudo; a pobreza, a necessidade de uma achega, a inaptidão para outros trabalhos, o acaso, e alguma vez o gosto de servir também, ainda que por outra via, davam o impulso ao homem que se sentia bastante rijo para pôr ordem à desordem.*[9]
>
> MACHADO DE ASSIS

Após a conversa sobre esse trecho, aproveito e falo de algo que me incomodou na leitura. Vô, eu gostei muito da história, mas achei ao mesmo tempo bastante doloroso ler esse conto. E senti falta de conhecer a história da Arminda. Quem foi ela? Por que conhecemos apenas a história do Candinho e da Clara? Gostaria de conhecer a história da Arminda. Meu avô gostou do que ouviu e desatou a falar sobre Machado, disse que, em seus livros, ele dava corda para a elite se enforcar, que muitos de seus personagens, alguns em primeira pessoa, eram pessoas horríveis e expunham seus preconceitos, maldade e ignorância para os leitores. Também disse que Machado aborda a sociedade como um todo, mostrando suas mazelas, sua sujeira.

Insisto que gostaria de ler o ponto de vista da Arminda e resolvo questionar: vô, até agora conhecemos juntos seis autores, cinco homens e apenas uma mulher. Por quê? Meu pai sorriu, aguardando a resposta que meu avô daria. E nenhuma mulher negra, vô, eu continuei. Não há outras mulheres escritoras? Não há mulheres negras escritoras? Parece que meu avô não esperava esse questionamento. Diz que há, sim, mais mulheres escritoras, há mulheres negras escritoras também. E por que não lemos nenhuma?, eu pergunto. As perguntas desconcertam um pouco meu avô, mas ele responde que vai anotar minha reivindicação para as próximas paradas.

Acho que foi nossa conversa mais longa sobre os livros, passamos horas na chamada. Quando vimos, já havia escurecido. Vivian já tinha aparecido duas vezes na sala, querendo brincar. Vamos continuar daqui a alguns dias? Que tal no próximo fim de semana? Proponho que vocês leiam o conto "Missa do galo". Ixi!, meu pai ri. Se depender do meu pai, ele diz, nós passaremos o resto da vida lendo Machado de Assis.

Que tal vermos uma comédia, meu pai sugere, após desligarmos a chamada. Esse conto traz muita coisa pesada, né? Concordo. Jantamos juntos, Vivian, meu pai e eu, e assistimos a um filme meio bobinho. Damos bastante risada, exagerando as piadas, só pra descontrair.

“Eu vi-lhe metade dos braços”

Toda noite eu falo com o Beto antes de dormir. Começou há uns dias. Ele me mandou uma mensagem: boa noite, durma com os anjinhos, e uns *emojis* de anjinho e de diabinho. Eu achei engraçado e respondi perguntando o que ele queria dizer. No dia seguinte, trocamos mensagens falando de beijos. Ele me escreveu: beijos bem gostosos, e eu senti um arrepio correr pelas minhas costas. Então, virou moda. Toda noite ele me escreve, toda noite eu respondo. Tem vezes que nos falamos pelo telefone um pouquinho. E ficamos imaginando, quase sentindo os beijos. Numa dessas noites, ele ligou por chamada de vídeo, e eu tive que correr no espelho, antes de atender, pois

não esperava uma ligação de vídeo. Fiquei observando a boca dele nesse dia e pensando nos beijos. Na chamada de vídeo, ficamos mais envergonhados do que na ligação comum, o que é engraçado. Imagina ao vivo? Trocamos umas mensagens assanhadinhas antes e, depois, ficamos os dois com vergonha. Por que escrever sempre é mais fácil do que dizer ao vivo?

Senti vontade de discutir essas diferenças entre escrever e falar com meu avô, mas é óbvio que não tive coragem. Eu não sou boa com mentiras e iria me embananar toda. Mas, quando conversamos sobre o conto "Missa do galo", consegui falar um pouco dessa história do clima entre duas pessoas. É engraçado como os tempos mudam: no século XIX, deixar os braços à mostra era algo ousado. Nesse conto, há uma tensão entre os personagens, o leitor não consegue saber o que se passa na cabeça da Conceição, se ela deseja ficar com o moço. Meu avô falou ainda que, na época, uma mulher de 30 anos, como a personagem, era como uma de mais de 50 hoje. Carla e eu ficamos impressionadas. Comentei com todos que esse conto e o "Uns braços", que eu tinha lido antes, têm coisas em comum.

Agora dei pra ler vários dos contos. Já li mais de dez, virou meu livro de cabeceira. Leio e depois converso com meu pai. Ele tem arrumado um tempinho para falarmos sobre os textos. Fiquei pensando que falar sobre as coisas que a gente lê é muito bom! Parece que a gente entende melhor, que faz mais sentido.

Meu avô contou que não há um museu sobre o Machado de Assis. Achei um absurdo. Descobri que ele não é apenas o escritor preferido do meu vô, é o favorito de várias pessoas, inclusive da professora Cris e de muitos outros professores e escritores.

Por que é que não tem um museu sobre o Machado de Assis no Brasil? Carla não se conforma. Meu avô contou ainda que destruíram a casa onde ele morou, em Cosme Velho. Machado de Assis foi um dos fundadores da Academia Brasileira de Letras, da qual foi presidente por muitos anos. Inclusive ainda hoje alguns a chamam de Casa de Machado de Assis. O que visitamos virtualmente é exatamente a Academia, que fica no centro do Rio. Na frente do prédio, há uma escultura de Machado, que foi inaugurada em 1929.

Meu avô nos mostra fotos da estátua, assim como fotos do local onde Machado de Assis nasceu, o Morro do Livramento, um lugar bastante pobre. Depois nos mostra fotos da última casa em que ele viveu, no Cosme Velho. Como seria bom se essa casa tivesse sido preservada, disse Carla. Seria um lindo museu, eu disse.

Nesse dia, meu avô começou a falar sobre os romances. Vocês estão gostando dos contos? Esperem até ver os romances! Depois que ele começou a contar as histórias, eu fiquei com muita vontade de ler vários deles. Um deles é escrito por um defunto-autor, ou seja, por alguém que morreu e depois virou escritor. Chama-se *Memórias póstumas de Brás Cubas*. Meu avô falou que o narrador, o tal defunto, conversa com o leitor. Disse que é um dos seus livros preferidos do mundo todo. Meu pai disse para eu esperar uns anos antes de ler, pois leu na minha idade e não gostou nadinha, mas eu fiquei tão curiosa que não sei se vou esperar tanto tempo assim. Meu avô falou de outro livro que me deixou ainda mais curiosa, era a história de um homem e de uma mulher. Parece que os leitores ficaram anos dizendo que era um livro sobre traição. Somente muitas décadas depois, alguém questionou a interpretação do livro, pois ele foi escrito em primeira pessoa e nunca houve um flagra da traição, ou seja, poderia ser tudo coisa da cabeça do homem. O nome

dele eu não lembro, o chamavam de Casmurro quando envelheceu porque vivia com a cara fechada. Já o nome dela eu não esqueci porque é o nome de uma gatinha que tínhamos há muitos anos: Capitu. Fiquei muito curiosa para ler esse livro e descobrir o que acontece de verdade na história.

Aposto que a biblioteca do meu vô tem todos os livros de Machado. Me deu uma vontade maluca de ir lá ver, e também de estar com meu avô, com a tia Maria... Se não fosse a pandemia, eu não ia sair da biblioteca do vovô, eu digo para o meu pai. E ele responde: Natália, será que se não fosse a pandemia, você estaria fazendo toda essa viagem literária com seu avô? Será que estaríamos todos lendo juntos? Fico sem saber responder.

Mais tarde, antes de dormir, fiquei me enchendo de serás. Será que se não fosse a pandemia eu teria ficado com o Beto? Será que estaríamos assim tão próximos? É engraçado como a cabeça da gente funciona. De um fiozinho vão saindo outros tantos e, quando vemos, estamos num emaranhado de pensamentos. Adormeci querendo anotar esses pensamentos, achei que eles eram bem parecidos com os de Machado. Será que é só comigo que acontece isto: quando leio muito alguma coisa, começo a pensar como o escritor? Antes de encontrar a resposta, caio no sono e, no dia seguinte, já não lembro do que vinha à minha cabeça antes de dormir.

Contemplar o céu estrelado

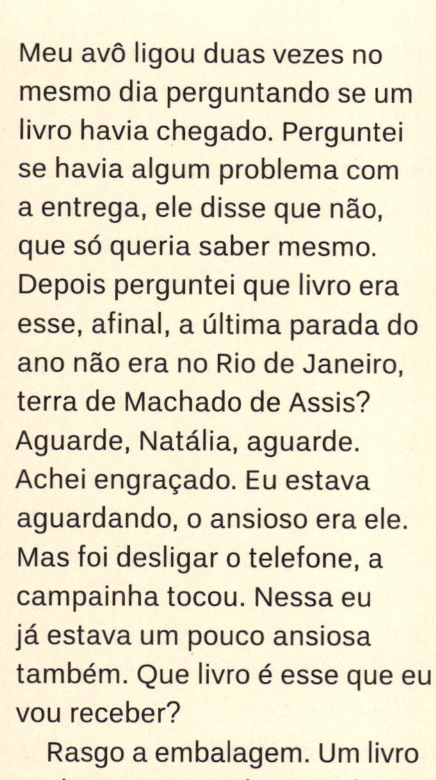

Meu avô ligou duas vezes no mesmo dia perguntando se um livro havia chegado. Perguntei se havia algum problema com a entrega, ele disse que não, que só queria saber mesmo. Depois perguntei que livro era esse, afinal, a última parada do ano não era no Rio de Janeiro, terra de Machado de Assis? Aguarde, Natália, aguarde. Achei engraçado. Eu estava aguardando, o ansioso era ele. Mas foi desligar o telefone, a campainha tocou. Nessa eu já estava um pouco ansiosa também. Que livro é esse que eu vou receber?

Rasgo a embalagem. Um livro azul vai aparecendo. Letrinhas brancas na capa: *Quarto de despejo – Diário de uma favelada*, de Carolina Maria de Jesus. Um monte de quadradinhos brancos em cima, desalinhados. Olhando para o título, eu entendo o desenho: é uma favela.

Ligo para o meu avô: o livro chegou. Você abriu? Abri. E o que achou? Ainda não li, vô. Leia, Natália, leia. Pra que a pressa, vô? Quero saber o que você vai achar do livro. Li faz pouco tempo e resolvi incluir no nosso roteiro ainda neste ano. Depois de tudo o que aconteceu nestes dias, minha filha, e depois das nossas últimas conversas, acho que precisamos terminar o ano com essa leitura.

E foi assim que uma chamada por telefone, nem foi videochamada, virou a primeira conversa sobre o livro. E, como na primeira conversa sobre Machado, só meu avô e eu, o que no fundo, no fundo, eu achei bom. Mas, vô, por que lermos com tanta pressa? Não seria melhor lermos no início do ano com mais calma? Natália, anote: não deixe coisas muito importantes para depois! Nunca sabemos se haverá um depois.

Carolina Maria de Jesus, ele diz, foi uma mulher extraordinária. Negra, favelada, produziu uma obra literária belíssima, repleta de denúncias, mas também muito poética. Esse livro que iremos ler é um diário doloroso e poético, com descrições bonitas. Acho que você vai gostar. Não me dê *spoiler*, vô, eu brinco. O quê? *Spoiler*: não me adiante as cenas do livro, me deixe ler primeiro!

Então ele me conta a vida de Carolina. Começa, é claro, pelo mapa astral dela. Nascida em Sacramento, em Minas Gerais, em 14 de março de 1914, portanto, com o Sol no terceiro decanato de Peixes, Carolina tinha ainda a Lua em Libra, Vênus em Áries e Marte e Netuno em Câncer. Ou seja, Natália, amava, amava muito o mundo e as pessoas, e tinha uma grande necessidade de ser amada, além de uma profunda sensibilidade.

Essa paixão do meu avô por astrologia e os momentos que ele escolhe para falar de astrologia mostram o quanto ele acredita mesmo nisso tudo, foi o que pensei enquanto o ouvia. Definitivamente, literatura e astrologia são as duas maiores paixões do meu avô. E consigo ver semelhanças entre as duas, penso, enquanto ele continua falando do mapa astral de Carolina Maria de Jesus.

Na sequência, meu avô relata os problemas todos que ela enfrentou na vida; Carolina passou por dificuldades que eu não consigo nem imaginar. E passou fome, morando já em São Paulo, na Favela do Canindé, que ficava às margens do Rio Tietê. Ela tinha três filhos, dois meninos mais velhos e uma menina. Era catadora de lixo e morava sozinha com as crianças, em condições precárias. Mas, apesar de toda essa dificuldade, dessa realidade difícil, da fome que enfrentava, ela encontrava tempo para escrever, ler, ouvir música, cantar. Escrevia todos os dias, Natália. Meu avô estava entusiasmado. Perguntei a ele por que resolveu ler esse livro agora. Ah, Natália, depois que você me questionou, na nossa última parada, sobre o número de homens e mulheres do roteiro, eu fiquei pensando. Acho que você tem razão. Por conta de nossa conversa, comprei alguns livros de escritoras. O nome da Carolina eu já conhecia, Carolina Maria de Jesus ficou bem famosa na década de 1960, Natália, mas ler um livro dela mesmo foi só agora. Fiquei pensando que você tem razão, minha filha, meu repertório é quase todo masculino. Eu li a vida toda, e li muitos escritores negros. Li muito Castro Alves, Lima Barreto, li todo o Machado... Já as mulheres eu conheço mais de nome do que os livros. Então quer dizer que eu tinha algo para ensinar a você, vô? Ele ri. Na vida, a gente aprende o tempo todo, Natália.

Fico preocupada com meu avô, a viagem literária tem sido maravilhosa, e ele se vira em mil para trazer coisas interessantes. E, depois de tudo, tanto meu pai quanto eu começamos a questionar as escolhas dele? Coitado. Ao mesmo tempo, fico bem feliz ao perceber que uma fala minha, assim no meio de tantas coisas que falamos nas últimas conversas, tenha sido considerada a ponto de ele procurar outras narrativas.

Meu avô continua explicando que tem um segundo motivo para lermos agora o *Quarto de despejo*. Carolina traz temas urgentes, Natália. É urgente neste país repensarmos a questão racial. Senti até saudade de advogar. Não pude nem ver aquele vídeo do supermercado, passei mal só de ver. Meu avô estava falando do assassinato do Beto Freitas, um homem de 40 anos, num supermercado na véspera do 20 de novembro em Porto

Alegre. Quantas vezes na minha vida fui seguido dentro de mercados!, ele continua. Aqui, na cidade?, eu quis saber. Mas todo mundo conhece você, você não é o doutor João? Sou, Natália. Mas basta um segurança não me conhecer, basta uma família nova chegar para eu sentir os olhares tortos. Você sofre racismo mesmo quando sabem que você é advogado? Mesmo depois de ter obtido sucesso em sua profissão? Se eu sofro racismo, Natália? Isso que acabei de relatar para você é racismo, poderia ser eu ou seu pai no lugar desse Beto. O racismo não é pontual, acontece a vida toda, o tempo todo. E, sim, sofri racismo mesmo depois de formado e talvez até mais. Nosso país tem muito problema com negros no poder ou em uma situação financeira confortável. As pessoas negras, quando ocupam outros espaços, como eu ocupei, sofrem mais racismo ainda. É como se não pudéssemos desfrutar minimamente de uma vida digna, como se estivéssemos em um lugar que não é nosso. E é. Carolina Maria de Jesus é muito firme em todas as denúncias que fez e na luta para ocupar um lugar que era seu por direito.

"Um lugar que era seu por direito"... Fico com essa frase na cabeça. Meu avô se transforma completamente quando fala de racismo. Parece outra pessoa até. Agora eu estava só ouvindo a sua voz, mas até posso imaginá-lo gesticulando, com aquela cara de bravo. É, acho que meu avô só poderia mesmo ser advogado. Quando diz algo com paixão, as palavras saem encorpadas, a gente nem consegue discordar. Dizem que ele foi um advogado brilhante, dizem que foi um pai super-rígido, mas, pra mim, meu vô João é manso, briga o tempo todo, mas é só da boca pra fora. Tem aqueles olhos bons e é cheio de ternura. Será que uma pessoa pode ser várias ao mesmo tempo?

Com muita curiosidade, pego o livro para ler. Meu avô me disse: não leia, por enquanto, o prefácio, depois falamos sobre ele, entre direto na leitura. E o que aconteceu? Comecei a ler o livro e não conseguia mais parar. Tinha outras coisas para fazer, mas não conseguia, fiquei vidrada naquelas páginas. E nem é uma narrativa de suspense, é um diário, um relato do dia a dia de Carolina. E meu avô tem razão: tem tanta poesia! Tanta dor e tanta poesia. O livro é de 1960. De lá pra cá, o que mudou no nosso país? Não era para ter mudado muito?, eu penso. Por que ainda há fome? Mando mensagem para a Carla perguntando se ela já leu o livro. Ela diz que ele chegou, mas que ainda não começou a ler. Leia, Carla, leia, eu digo. E deixo um bilhete para meu pai em cima do livro (aqui em casa dividimos o mesmo exemplar) pedindo que ele lesse também. Hoje ele chega tarde e vai ver o bilhete logo que entrar na cozinha. Eu ainda não terminei a leitura, faltam algumas páginas, mas já tenho tanta coisa para compartilhar, para trocar, para falar...

Vou dormir com um nó na garganta. Ao mesmo tempo encantada com a força, a coragem, a imensidão dessa mulher: Carolina Maria de Jesus. Carolina acordava às quatro da manhã para escrever. Abria a porta do barraco em que vivia e contemplava o céu estrelado. Acho que essa é uma das cenas mais bonitas que já li na vida.

Valsas vienenses

Acordo com a mesma urgência do meu avô, louca para marcar logo a videochamada. Por incrível que pareça, na hora que levanto, meu pai já está quase saindo para trabalhar de novo. As coisas no hospital estão difíceis. Haviam melhorado há um mês, agora só estão piorando. Estava na cozinha dando café para a Vivian, com uma cara de exausto. Me diz bom-dia e se oferece pra também preparar meu café. Sento no balcão da cozinha e pergunto sobre o livro. Ah, filha, eu estava tão cansado que li apenas umas duas páginas. Mando mensagem para a Carla, e, que bom, ela também está encantada com o livro. Escrevo para a Cris, minha professora de Português, falando sobre o livro. Ela fica animada e me faz perguntas. Tenho até vontade de indicar a leitura para o Beto, mas concluo que não é uma boa ideia. Ligo para o José, faz tanto tempo que não nos falamos direito! Tenho uma ideia: o José deveria participar conosco do clube do livro. Fico pensando em como fazer para arrumar um exemplar pra ele. Falo com a Cris... Pronto, ela vai emprestar o dela. Fico com medo de ela se convidar para participar também, acho que não me sentiria bem incluindo uma professora nas nossas conversas, nem sei se os outros gostariam. Ela não se convida. Ufa!

Percebo que estou exatamente como meu avô: ansiosa para falar sobre o livro, para dividir impressões. Agendamos a primeira conversa para o dia seguinte. Eu não me aguento de curiosidade. Termino de ler o livro durante o dia. Volto ao começo. Dou de pesquisar a Carolina, outros livros dela. Vejo várias fotos dela, estou ansiosa para ver o museu, procuro e não encontro. Fico torcendo para meu avô ter encontrado, deve ter um, não é possível. Queria ver a letra dela, queria ver os objetos dela...

Passo o dia entre cuidados com a Vivian e a pesquisa sobre a Carolina. Eu sempre sofro de ideia fixa, e estou fixa agora em conhecer melhor essa escritora.

Na hora do jantar, meu pai já está em casa e começa a improvisar uma janta. Vou ajudá-lo. Aquele cheiro gostoso de comida contrasta com a leitura, com a ausência de comida na casa de Carolina, com a fome, que ela chama de "a amarela". Meu coração aperta muito, num desejo de que todo mundo, em todos os lugares do mundo, tivesse no mínimo acesso à comida.

No dia da videochamada, sou a primeira a responder: eu, eu, eu, quando meu vô pergunta se alguém quer comentar algum trecho do diário. Eu tenho vários. Um dos trechos que mais me impressionaram no livro todo, vô, foi aquele do menino que morreu por ter comido carne estragada. Carla concorda. Não sei se José e meu pai já leram essa parte. Não é só a história, é como ela conta a história. Carolina é uma grande narradora, diz meu avô. Além de ter um jeito todo poético de olhar o céu e de ressignificar a vida.

Falamos de vários outros trechos, do racismo que ela sofre no açougue, mesmo tendo dinheiro para comprar carne, e de como ele fica evidente, pois logo após ela sair do açougue, entrou lá uma pessoa branca e foi bem atendida (tinham dito à Carolina que não havia carne para vender).

Mas de tudo o que mais me chamou a atenção foi aquilo de ela ligar o rádio alto para ouvir valsas vienenses enquanto as mulheres apanhavam. Achei cruel, mas entendi o que ela queria dizer. Meu pai quis que eu mostrasse o trecho a ele. Eu mostrei. Carolina dizia não querer marido porque marido algum iria querer ficar com alguém que só lê e escreve. E descrevia várias cenas de violência doméstica. Ou seja, a ausência de marido não é algo ruim pra ela. Isso me chama muito a atenção. José pede pra falar e descreve a relação de uma tia e de um tio dele, fala que ela não pôde continuar os estudos porque o marido não deixou e conta que ainda é agredida dentro de casa, que várias vezes os familiares, que moram nas casas próximas, precisaram entrar lá para acudi-la. Fico chocada com esse relato; ele nunca havia me contado isso. Carla dá seu depoimento sobre a sua família, fala de como vários parentes dão palpites maldosos dizendo que seu pai é folgado porque não trabalha fora ou que sua mãe é folgada porque não cozinha nem limpa a casa durante a semana. Meu vô não fala nada nem meu pai. Mas acho que eles ficam pensando...

Falamos sobre "a amarela", então meu avô lê um trecho do prefácio. O jornalista que organizou esse primeiro livro da Carolina Maria de Jesus tirou a repetição das palavras "fome" e "amarela" porque, segundo ele, o diário estava repetitivo.

Meu avô pergunta o que achamos disso. Ninguém gosta. Se ela repete muito é porque passou muita fome, a fome fazia parte do seu dia, não deveria ser excluída do diário a repetição, concluímos.

Ele lê um outro trecho que chama a Carolina de semianalfabeta. Quanto tempo ela estudou, vô? Acho que foram dois anos, Natália. Cora Coralina também estudou assim pouco, por que ninguém a chama de semianalfabeta, vô? Pois é, Natália, diz meu avô. Cora Coralina era uma mulher branca, descendente de pessoas que escravizavam, Carolina Maria de Jesus era uma mulher negra, descendente de pessoas que foram escravizadas, e isso define muito os lugares sociais no Brasil. Tem gente que aponta os erros ortográficos da Carolina, mas tenho duas perguntas sobre esse assunto, diz meu avô. Primeira: sabemos como eram os manuscritos de todos os escritores? Será que todos eles não passaram por uma revisão de texto minuciosa? Segunda: não cometer erros ortográficos significa escrever bem? Fico louca para responder às perguntas do meu avô, mas como falei demais, espero alguém responder antes. Meu pai diz: eu li apenas umas dez páginas por enquanto, mas pra mim a escrita dela envolve, flui, ela é uma excelente narradora. Todos concordamos. Ela é uma senhora escritora, diz meu avô. A literatura dela é essencial, muito além dos temas que ela aborda, da realidade em que ela vive. A escrita dela é maravilhosa, ele diz. Poderia passar dias e dias lendo os diários, vô. E eram vários, Natália. Este que estamos lendo é um recorte. Eu percebi que havia alguns cortes, há em diversos momentos parênteses com reticências, mas achei que tinha sido escolha da própria Carolina esconder algumas coisas, diz José. Nada! Os diários dela são muito mais extensos, o jornalista condensou

vários em um, conta meu avô. Puxa! Queria tanto ler os outros, a Carla fala. Todos nós concordamos.

Algo que me chamou muito a atenção é que Carolina não voltou à cidade natal. Não voltou para morar, nem mesmo para visitar. Sofreu muito lá, foi presa injustamente, não quis retornar. A terra da gente, eu penso. E quando a terra em que nascemos nos repele, como é o caso da Carolina? Toda aquela ideia romântica de retorno às raízes não faz sentido. Quais raízes? É possível alguém não ter raízes? Ou fincar suas raízes em outro lugar? Penso na Carolina, penso na minha mãe, penso na paineira. Penso em raízes. Como a família de Carolina foi parar em Sacramento? Pode ser que as raízes dela estejam em outro lugar...

À noite, já deitada na cama, acendo o abajur e releio algumas páginas do diário. É impressionante como um diário faz com que a gente se sinta próximo do autor. Sinto como se Carolina fosse minha amiga, como se estivesse dentro da minha casa e do meu coração.

Um castelo cor de ouro

Já estamos no meio de dezembro. Gosto muito deste mês. Normalmente as aulas estão no fim e estamos ansiosos para as férias, que significam mais tempo livre pra brincar, se divertir, viajar, andar pelas ruas, conversar, cantar, nadar, jogar... Neste ano está tudo diferente, nem parece dezembro. Sinto tanta falta da escola que, quando tudo isso acabar, nunca mais vou reclamar de acordar cedo nem de ter que aturar aula chata. Só quando uma coisa dessas acontece que a gente percebe como a vida da gente é boa! No início do ano, eu jamais poderia imaginar que essa pandemia se estenderia por tanto tempo. Acho que ninguém imaginou isso.

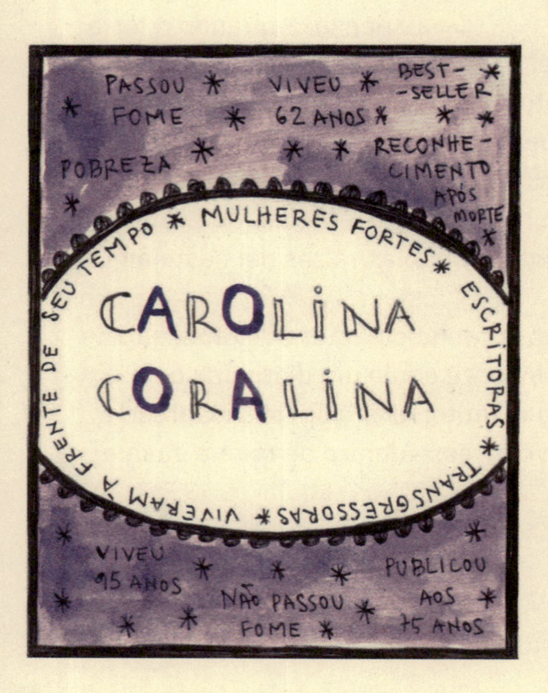

Ontem fizemos a última videoconferência do ano e a última sobre a Carolina Maria de Jesus.

Da outra vez, ficamos todos tão empolgados falando do livro que não sobrou nem tempo para o meu avô falar do museu. Mas ontem ele nos contou que ainda não há museu. Não sei nem por que eu esperava, não é? Tinha uma esperança de descobrir um museu como o da Cora Coralina para poder me aproximar ainda mais da obra da Carolina.

No outro dia, minha língua quase travou ao dizer Coralina e depois Carolina, foi quando percebi que a diferença é a troca de lugar do "o" com o "a", só isso. Quanto às escritoras, há profundas diferenças entre elas, mas também há semelhanças. São duas mulheres fortes, à frente do tempo em que viveram, transgressoras, que se reconheceram escritoras e fizeram tudo para ocupar o lugar que a sociedade teimava em negar a elas. As diferenças são marcantes. Afinal, Coralina jamais passou fome, que é tão central na vida e na obra da Carolina. Além disso, Coralina morreu bem velhinha, com 95 anos, em sua cidade natal, e Carolina morreu com apenas 62 anos no bairro de Parelheiros, em São Paulo, empobrecida e sem ter sido reconhecida como deveria. No entanto, Cora Coralina só conseguiu publicar seu primeiro livro aos 76 anos e o primeiro livro de Carolina fez um sucesso tão estrondoso que foi traduzido para mais de 13 línguas, ou seja, é um *best-seller*. Gostei de ficar comparando as duas, dá para estabelecer diferenças e semelhanças entre os outros escritores também. É uma conversa interessante. Falamos sobre isso ontem, ao repassarmos todos os escritores que lemos neste ano. Meu pai, Carla e José disseram que também querem ler os outros livros que lemos.

Falamos de Erico Verissimo, Lima Barreto, Cora Coralina, Ariano Suassuna, Thiago de Mello, Machado de Assis e, por fim, de Carolina Maria de Jesus. Meu vô tinha dito que Carolina compunha, fui procurar as músicas e encontrei algumas. A que eu mais gostei é alegre e tem um tom de piada, de deboche, uma mulher aponta para a rua e pede que o homem saia da casa, que não é dele. A voz é de uma mulher expulsando o marido de casa, dizendo que não quer mais estar casada. Mostro a todos a música, na voz da própria Carolina. Meu vô faz uma cara meio feia, acho que não gosta do rumo da conversa, mas todo mundo se diverte com a música, inclusive ele.

Ele conta que a filha de Carolina doou os documentos (vários manuscritos) da mãe para a cidade de Sacramento, onde ela nasceu, em Minas, mas que isso faz anos e até hoje não há museu. Diz ainda que o interesse na obra da Carolina Maria de Jesus só cresce: nos últimos anos, os livros dela começaram a circular mais e uma grande editora está publicando quase todos eles, inclusive os inéditos. Meu vô diz que há um acervo em Sacramento com os diários, romances, contos, provérbios, poemas, entre outros textos de Carolina, mas que é preciso agendar uma visita. Vamos lá para Sacramento dar uma olhada na cidade onde Carolina nasceu. Passeamos por suas ruas, procurando imaginar Carolina criança.

Depois meu avô mostra o *site* do Instituto Moreira Salles, em que conseguimos ver, finalmente, dois manuscritos de Carolina: uma letra impecável e praticamente nenhum erro ortográfico. Comentamos isso. José também chama a atenção para o vocabulário rebuscado dela. Em seguida, meu avô nos mostra um *site* maravilhoso, Vida por Escrito, em que estão reunidas fotos da Carolina, fotos de artigos de jornal antigos, filmes, vídeos e livros sobre a escritora. Até copio o *site* porque vou querer mexer nele com mais calma depois. É uma espécie de museu esse *site*, vô! Pois é, Natália, eu também gostei bastante. Por fim, ele nos presenteia com uma fotografia da última casa em que ela viveu, em Parelheiros. É um sítio onde há, inclusive, árvores que ela mesma plantou, meu avô comenta. E o melhor? A filha dela sonha em transformar esse sítio em um museu sobre a vida e a obra da mãe.

Realmente era um presente. Fico sonhando com um futuro sem pandemia, em que a gente possa abraçar as pessoas, e com um museu lindo em homenagem à Carolina Maria de Jesus. Às vezes é preciso de um pouco de futuro e de sonho para lidar com os amargos do presente.

Relemos, no final da conversa, um trecho da Carolina para aquecer o coração:

> *(...) quando a gente perde o sono começa pensar nas misérias que nos rodeia. (...) Deixei o leito para escrever. Enquanto escrevo vou pensando que resido num castelo cor de ouro que reluz na luz do sol.*[10]
>
> CAROLINA MARIA DE JESUS

De todas as leituras que fizemos neste ano, essa foi, sem dúvida, a que mais me impressionou. É assombroso o poder das palavras.

Terminamos nossa viagem literária assim, após quase sete meses, sete escritores, sete mundos diferentes. Fazemos planos para o próximo ano... Talvez um de nós possa propor uma parada a cada vez? Meu pai fica animado, diz que sentiu falta de literatura oral e que poderíamos estudar um contador de história indígena, quem sabe Caetano Raposo, da reserva indígena Raposa Serra do Sol em Roraima? Ou Luzia Tereza dos Santos, grande contadora de histórias paraibana? Ou Maria Cecília de Jesus, contadora de histórias mineira? Ou a baiana vovó Cici, contadora de histórias iorubá?

José sugere Drummond, Carla sugere Clarice Lispector. Eu fico deslumbrada ouvindo as sugestões, tanta coisa ainda por conhecer! Vovô fala que tem ainda muita andança literária pelo Brasil, além do Graciliano Ramos, que não visitamos. Não é, pessoal? Há um museu sobre ele em Palmeiras dos Índios, Alagoas. Tem também a Casa Guimarães Rosa, em Cordisburgo, Minas Gerais, onde Guimarães viveu, além de um percurso maravilhoso por várias cidades de Minas e a Semana Roseana, que acontece todos os anos em homenagem ao escritor. Tem a casa da escritora Hilda Hilst, em Campinas. E a casa do escritor Mário de Andrade, em São Paulo. A casa em que Jorge Amado viveu 40 anos em Salvador e a casa em que viveu a infância, em Ilhéus. E tanta gente boa sem museu, como vimos, não é?, termina meu vô.

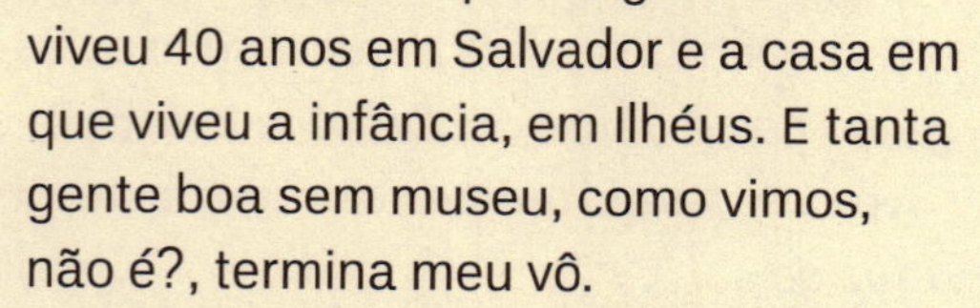

Meu pai fala ainda em Bandeira, Cecília Meireles, Paulo Leminski, Patativa do Assaré, Gregório de Matos, Rubem Braga. Meu avô fala em Castro Alves, João Cabral de Melo Neto, Lygia Fagundes Telles, Solano Trindade.

Temos um mundo de escritores brasileiros pela frente, muitas palavras para descobrir. Alguns cuja obra é devidamente reconhecida, outros que ainda não têm o espaço que deveriam. Poucas, muito poucas mulheres na lista dos dois. Pergunto sobre Maria Firmina dos Reis. Vi outro dia um *post* falando que ela é a primeira romancista do Brasil e era uma mulher negra. Nem meu pai nem meu avô leram nada dela. Poderíamos começar por aí, que tal? Todo mundo gosta da ideia. Depois poderíamos ler um livro que a Vivian também possa ler, que tal?, meu pai sugere. Todos gostamos da ideia.

Terminamos a conversa esperançosos e comendo as deliciosas coxinhas de batata que tia Maria fez e que entregamos na casa da Carla e do José também. José e Carla finalmente começaram a ser um pouco amigos. Antes um vivia com ciúme do outro, agora até trocam segredos. Confesso que fiquei com um ciuminho, mas passou.

Vô, essa nossa viagem foi a melhor coisa do meu ano! Viagem boa, Natália, é assim: a gente conhece gente nova e descobre coisas novas que não conseguia ver antes.

Todos dizem "xis" e fazemos uma foto para guardar de lembrança. José me manda mensagem falando a mesma coisa que a Carla sempre diz:

Que avós incríveis você tem, Natália. Obrigada por dividir eles com a gente! ☺

Respondo com um monte de corações.

O computador fica lá, na mesinha da sala, aberto. Saio pra pegar água na cozinha e abro a janela. Estava bem claro quando começamos a papear e agora já escureceu tudo, penso. Tomo um copo de água. Meu pai já está numa nova videochamada, conversando com Fernanda agora; a Vivian está tirando uma soneca no sofá. Apago a luz, desligo o computador e vou para o quarto.

Estava indo para o banho quando meu celular começou a tocar. Na hora penso que era o Beto, mas aparece "Casa do vovô" na tela. Atendo, é o meu vô. Minha filha, liguei só para dizer que te amo muito. Nossa, vô, assim de repente? E não pode? Pode, vô, claro! Eu também te amo, vô. Obrigado pela companhia, Natália. Na viagem, vô? Na viagem e na vida, a vida é uma espécie de viagem, não é? Aham, eu digo, sem entender direito. Você sabe que eu ajudei a escolher o seu nome, Natália?, ele continua. Sim, vô. E sabe o que ele significa? "Nascimento", não é?, eu respondo. Sim, nascimento. A sua chegada a este mundo foi um nascimento muito especial. Você trouxe tanta coisa bonita para a minha vida, Natália! Obrigado, minha filha.

Que esquisito! Por um minuto, penso que meu avô deve ter tomado umas taças de vinho a mais, mas depois concluo que deve ser a emoção do fim da viagem mesmo. Obrigada eu, vovô. Como eu já disse, a nossa viagem foi a melhor coisa do meu ano! Melhor do que o Beto?, meu avô ri. Ai, vô, é diferente, eu dou risada. Não tem problema, minha filha. Eu me contento em ser a segunda melhor coisa do seu ano. E damos risada juntos. Boa noite, Natalinha! Ah, vô, quanto tempo faz que você não me chama de Natalinha! Que saudade! Boa noite, vovô!

Entro no banho sorrindo, lembrando de quando era menor e ia dormir na casa do vovô. Tia Maria fazia suas comidinhas deliciosas, meu avô lia histórias para mim e dizia: boa noite, Natalinha!

Já passa das 9 quando Beto e eu começamos a trocar nossas infinitas mensagens de boa noite.

De repente

Botão de rosa

Nos recôncavos da vida
jaz a morte.
Germinando
no silêncio.
Floresce
como um girassol no escuro.
De repente vai se abrir.
No meio da vida, a morte
jaz profundamente viva.[11]

THIAGO DE MELLO

No meio da vida, a morte

Eu queria ter o poder de transformar em palavras o que estou sentindo. Na ausência desse poder, recorro aos poetas. Nunca havia imaginado que uma dor pudesse ser tão aguda a ponto de quase faltar o ar para respirar. Foi na noite de ontem, quando tudo havia terminado, que eu achei que fosse sufocar. Não tive coragem de acordar meu pai. Pedi que a Vivian ligasse para a tia Bel, que correu aqui. Quando meu pai acordou, eu estava na sala, chorando e fazendo inalação, enquanto a tia Bel preparava o jantar. Não, eu não estava morrendo, e provavelmente não estou com covid, mas por uns instantes achei que fosse sufocar. Era dor. Dessas dores para as quais não tem um remédio disponível.

Tia Bel, coitada, deve estar sofrendo a sua dor, mas veio me socorrer, colocou a mão no meu peito, falou com a voz mansinha coisas bonitas, bonitas, que eu não sei reproduzir.

A morte é a coisa mais cruel com a qual me deparei nesses meus 13 anos de vida. Por quê? Por quê? Meu coração não sossega de perguntar, de tentar entender. Onde ele está? Para onde ele foi? Ainda ontem ele veio me trazer pão caseiro, enroladinho no pano de prato. Como é que pode uma pessoa estar viva e de repente não estar mais? Eu não conseguia e ainda não consigo parar de chorar. Enquanto escrevo, as lágrimas caem pesadas, inundando tudo. O nunca mais é o lugar mais distante do mundo.

Essa dor me atravessou ontem pela manhã, logo que eu fui atender à campainha e encontrei Teresa, em lágrimas, no portão. Ela me abraçou tão forte, eu que há meses não ganhava um abraço, há meses não podia abraçar ninguém. Me abraçou chorando, e eu demorei bastante para entender o que ela estava dizendo.

Natália, Natália, o que será de nós? Eu estava com tantas saudades, com tantas saudades dele! Eu não falava com ele há um mês, Natália, há um mês. Eu não conseguia nem raciocinar. A campainha havia tocado no meio do meu café da manhã, Vivian ouviu os berros e veio correndo ver o que estava acontecendo. Meu pai já estava no hospital. Tia Bel, que estava

com a Teresa, saiu do carro e pegou Vivian no colo. O que aconteceu?, a Vivian perguntou. Por que todos estão chorando?, ela quis saber. Ô, minha florzinha, vovô foi morar com Papai do Céu, disse a tia Bel.

Foi só quando ouvi isso, "foi morar com Papai do Céu", que de repente eu entendi. Antes eu escutava as palavras e não entendia nada, elas não faziam sentido. Tinha tido um desejo esquisito de empurrar a Teresa. Saia, Teresa, saia, do que você está falando? Não quero ouvir você. Pare, Teresa, pare com isso... Foi só após o "vovô foi morar com Papai do Céu" que eu finalmente entendi, ou me deixei entender o que ouvia.

Sentei na escada, não conseguia ficar de pé. Meu pai já sabe?, perguntei. Elas não sabiam. Peguei o telefone e liguei para ele. Pelo tom de voz dele, eu percebi que ele não sabia ainda. Perguntei se viria para o almoço, ele disse que sim, mas um pouco mais tarde. Desliguei. E chorei, chorei como não chorava desde que era bem pequena e tomei um tombo de bicicleta.

A Vivian correu para as minhas pernas e me dizia: não chora, Tata, não chora. E eu chorava mais. Pedi para ir junto contar ao meu pai, mas quando chegamos lá, ele já sabia. Saiu da sala correndo e veio nos abraçar. Há meses não recebia abraços, há meses não abraçava meu pai nem a Vivian assim.

Fomos todos para a casa do meu avô. Chegando lá, tios e tias, primos e primas, vizinhos. Achei que meu pai fosse falar alguma coisa sobre a pandemia, os riscos, mas ele não disse nada. Tia Maria estava sentada numa cadeira, abatida, os filhos e enteados em volta dela, parecia fora do ar.

Teresa não desgrudou de mim a manhã inteira, e olha que não somos tão próximas. Me abraçava e chorava, apertava minhas mãos, dizia: meu vô, meu lindo vô, meu vozinho... Acho que ela sentiu que eu sentiria uma dor parecida com a dela, mas eu estava tão assustada, tão sem chão, que não conseguia nem retribuir os abraços dela como deveria.

Entrei no quarto dele. Na escrivaninha, encostada à janela, sete livros, um em cima do outro: *Quarto de despejo*, *Contos de Machado de Assis*, *Faz escuro mas eu canto*, *Auto da Compadecida*, *Poemas dos becos de Goiás e estórias mais*, *Recordações do escrivão Isaías Caminha* e *Ana Terra*. Sentei na cadeira, fiquei folheando os livros, encontrei anotações por toda parte, com a letrinha miúda do meu avô. Meu coração em pedaços.

Lá fora, na sala, na varanda, na cozinha, tios e tias falavam do corpo, que estava na funerária, falavam de como seria o enterro, faziam café, preparavam sanduíches. As crianças menores corriam pela casa. Depois de tantos meses sem se ver, os primos menores, alheios ao que estava acontecendo, brincavam no quintal, entravam nos cômodos correndo. Vivian, no meio deles, ora vinha e me dava um abraço apertado, ora corria entre as roseiras.

Foi tudo muito rápido. Entre velório e enterro, tudo muito rápido e fechado, poucos amigos. Tudo diferente do que seria em outra ocasião. Meus tios choravam, maldiziam a pandemia, discutiam, se abraçavam. Mandei mensagem para a Carla e para o José, mas eles já sabiam. Na hora do enterro, que também foi muito rápido, vi lá longe, encostado na esquina, de cabeça baixa, o Beto. Ele olhou pra mim, acenou. Meu pai viu, bem nessa hora estava olhando pra mim também, e disse: Natália, não é seu amigo? Sim, pai. Vá lá dizer oi pra ele. Fui até lá fora, Beto nem falou nada, só ficou me olhando, enquanto lágrimas

pesadas caíam dos meus olhos. Fez um carinho suave na minha mão. Estava voltando para perto dos meus familiares quando ele me estendeu a mão e me deu uma rosa, uma rosa branca, meio amassadinha porque estava no seu bolso. Agradeci, me despedi. Quase não trocamos palavras. Foi uma das conversas mais silenciosas que já tive na vida.

Na noite de ontem, quando meu pai despertou e me viu fazendo inalação, queria entender, assustado, o que estava acontecendo.

Jantamos juntos, meu pai, tia Bel, Vivian e eu. O ar foi voltando. Meu pai estava meio sonolento, acho que alguém tinha dado um calmante a ele. De repente, no meio da conversa, ele começou a rir. Ê, seu João, ê, seu João. Mas não é que ele não quis fazer nadinha de hora extra?, ele disse. E riu, riu, e chorou rindo, e riu chorando. Tia Bel quase gargalhou com a história das horas extras. Igualzinho quando ele encasquetou de aposentar: nem mais um caso ele quis assumir, aposentou-se e pronto. Na morte não seria diferente, ela disse. E os dois compartilharam risadas e lágrimas.

Meu avô foi dormir no dia 19 de dezembro bem. E não acordou mais.

Morta... serei árvore,
serei tronco, serei fronde
e minhas raízes
enlaçadas às pedras de meu berço
são as cordas que brotam de uma lira.
Enfeitei de folhas verdes
a pedra de meu túmulo
num simbolismo
de vida vegetal.
Não morre aquele
que deixou na terra
a melodia de seu cântico
na música de seus versos.[12]

CORA CORALINA

O contrário da vida é o desen-cantamento

Fiquei aqui um tempão olhando para essa tela em branco, tentando pensar em como dizer o que tenho pra dizer. Como transformar em palavras tanto sentimento?

Vou começar com meus rodeios. Meu avô sempre dizia que eu faço rodeios. Pois bem. Hoje, no fim do dia, fui colocar algumas roupas minhas e da Vivian para bater na máquina. Ao voltar para a casinha onde estamos instaladas para passar a virada do ano, aqui no sítio da minha tia, parei para olhar o céu. Explico: a máquina fica na casa da minha outra tia, no sítio ao lado. O céu estava deslumbrante, o sol já havia partido, e o lado esquerdo do céu estava numa cor diferente, próxima do cor-de--rosa. Não havia quase nada de azul no céu. Isso de o céu ser apenas azul é mesmo algo meio inventado... Fiquei olhando para as cores e encontrei muito branco, um alaranjado e um

cor-de-rosa. O céu estava realmente deslumbrante. Havia um resquício de luz que o iluminava e fazia esses desenhos cor--de-rosa. Me passou a impressão de avistar uma ilha, como se houvesse um mar imenso no céu e, lá longe, uma ilha. Olhei de novo pra ver se a impressão passava e nada, não conseguia enxergar outra coisa que não fosse o mar e a ilha, como se estivéssemos no litoral. Deve ser saudade da praia. Deve ser saudade do meu avô. Para o meu avô não existia ano-novo sem ser na praia. A família inteira reunida, comendo, cantando e... Brigando. Quantas brigas não saíam nessas viagens!

Hoje é o penúltimo dia do ano, aliás, o último, porque já passa da meia-noite. A Lua está lindíssima. Dei uma olhada nas redes e todo mundo está postando fotos da Lua. Ela está diferente mesmo, maior, mais redonda, parece mais próxima de nós. Também é possível ver várias estrelas no céu... Depois de uns dias meio frios por aqui, finalmente acho que teremos um dia ensolarado amanhã.

É impossível pra mim olhar para o céu e não lembrar do meu avô. E hoje à tarde, olhando o céu, foi a primeira vez que lembrei dele sem chorar. Quer dizer, quase sem chorar, porque fiquei com os olhos meio embaçados, sim, mas não era mais tristeza, era alegria. Uma alegria que me tomou toda, a alegria de ter tido por 13 anos o melhor avô que alguém poderia ter no mundo...

Eu nunca havia sentido essa sensação de alguém morrer e permanecer, de ir embora, mas continuar presente. Meu avô e sua inteligência, suas contradições, seus sonhos, suas leituras... Meu avô permanece vivo em mim de um jeito tão intenso que a morte praticamente não existe. Sinto falta de abraçá-lo, beijá-lo, de deitar em seu colo. Mas há quantos e quantos meses isso não acontece? E mesmo assim permaneci tão perto dele, aliás, acho que 2020 foi o ano que mais fiquei perto do meu avô, apesar da distância física.

Me lembrei de uma conversa de maluco que tivemos há algumas semanas, quando eu lhe confessei que às vezes tinha dó de deixar o personagem numa cena muito tensa, então lia o livro mais um pouco, mesmo que estivesse cansada, só para deixá-lo num lugar mais tranquilo. A quem eu poderia contar uma coisa dessas? Meus amigos achariam que é coisa de doido e talvez seja mesmo... Mas meu avô ouviu sorrindo e confessou que também fazia isso às vezes. Agora, depois que ele se foi, é

como se ele tivesse se tornado uma história, como se morasse num desses livros que visitamos juntos. Como se estivesse lá, repousando, mas pudesse falar comigo sempre que eu quisesse.

Não sei o que eu teria feito de diferente se soubesse que ele partiria assim, do nada, de repente. Talvez tivesse feito tudo igual. Eu nunca havia visto meu pai chorar tanto feito ele chorou esses dias. Não deve ser fácil não ter mais pai e mãe, por mais que ele seja adulto. Meu pai não é de chorar, mas nestes últimos dias chorou de dar dó. Será que ele teria feito algo diferente se soubesse que meu avô iria partir?

Será que meu avô sabia mesmo que iria morrer? Que morreria pouco antes de Saturno e Júpiter se encontrarem no céu? Ele falou tanto, tanto, desse acontecimento celeste... Quando minhas amigas começaram a comentar isso, eu até estranhei – e já sabia de cor e salteado tudo sobre esse encontro. Tia Maria acha que sim, que ele sabia, pois vivia dizendo que os novos tempos que chegariam eram tempos de outros homens, que quem nascesse após 21/12/2020 pertenceria a outro tempo. Eu não sei, mas acho que, se ele não sabia, desconfiava.

Eu conheço um monte de gente aqui nos sítios ao redor, mas agora não posso cumprimentar ninguém direito. Lembro do seu Tonho, do bar, dizer: “Seu Chico encantou-se” pra falar que ele tinha morrido. Meu avô estava comigo e me explicou que “encantar-se” é uma maneira antiga de dizer “morrer”.

Poucas semanas antes de morrer, ele citou uma frase que descobriu num livro muito interessante de Luiz Rufino e Luiz Antonio Simas: dois rapazes cariocas bem inteligentes que escreveram uns livrinhos bons sobre o país, Natália: "o contrário da vida não é a morte, mas o desencanto".[13]

Acho que é isso, essa é uma boa maneira de terminar esta história, este capítulo da minha vida, este ano de 2020. Meu avô nunca vai ser desencantado, ao contrário, vai permanecer encantado na minha vida e na vida de todos que me rodeiam porque sempre falo muito sobre ele.

Meu pai está todo preocupado com os protocolos de segurança e não para de ligar para repassar tudo comigo. Agora que a pandemia se agravou novamente, ele está maluco de pedra. Ele não vem passar a virada conosco porque irá trabalhar, o hospital está de pernas para o ar. As pessoas se reuniram no Natal e agora são casos e mais casos de covid chegando ao pronto-socorro. Ele também tem medo de passar algo para a tia Maria e para meus tios. Tia Maria disse a ele que não acontecem duas tragédias na mesma família em tão pouco tempo. Papai respondeu que em tempos de pandemia acontecem, sim, ele mesmo viu alguns exemplos.

Neste 31 de dezembro, não temos vacina ainda. Não sei se teremos aula em fevereiro, papai é supercontra, mas há vários outros pais que são a favor. Tia Maria disse que continuarei recebendo os livros, que vovô tinha uma listinha para uns 30 meses de viagem literária, e ela vai continuar mandando para mim os outros livros. Quanto tempo meu avô achava que duraria essa pandemia?, foi o que pensei de imediato.

O ano de 2020 vai chegando ao fim e, como as outras pessoas, também vou fazendo minha retrospectiva. O que levarei deste ano esquisito? O gosto do beijo do Beto? A briga com a Carla? A falta que fez ter uma mãe? O ano em que me afirmei como menina, como mulher negra? Em que aprendi sobre negritude? O uso de máscaras? Desinfetar desinfetantes, lavar embalagens, virar babá da Vivian? A reaproximação do meu pai? O ano em que ele finalmente engatou um relacionamento (mesmo sendo a distância, estou botando fé nessa Fernanda)? A morte do meu avô?

A Lua está linda. O ano está acabando, a pandemia não. Júpiter encontrou Saturno um dia após meu avô falecer. Novos indivíduos estão chegando para habitar a Terra. Esse vírus é tão pequenininho. Nós também somos tão pequenos comparados ao Universo. Ana Terra, Isaías Caminha, Chicó e João Grilo, Arminda... Todos estão reunidos comigo, numa grande festa de despedida.

Alguma coisa se rompeu em 2020, alguma coisa transbordou, alguma coisa acabou. Mas muita coisa vem começando. Parece que cresci uns dez centímetros de uma vez, parece que sou uma pessoa completamente diferente.

Será que eu sentirei pra sempre essa presença do meu avô ou será que aos poucos ela irá desaparecer? Meu coração aperta muito ao pensar assim. Como é que a gente faz para manter alguém encantado? Como é que a gente faz para um personagem tão importante da nossa história jamais morrer?

Você está vendo a lua aí? Você, você mesmo que está lendo a minha história. Olha para o céu. Abre a janela. Sai de casa. Olha para o céu. O que você vê? Que horas são? É noite, é dia? De que cor é o céu? E o que ele lhe diz? Você que está aí sentado(a) diante de um livro, como eu sempre estou, o que

faz para manter encantados todos os personagens mágicos da sua vida? Como faz para enganar a morte? Você escreve, desenha, canta uma música?

Epílogo

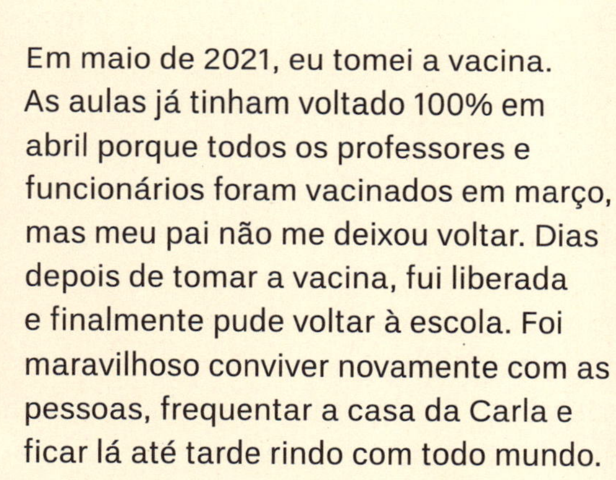

Em maio de 2021, eu tomei a vacina. As aulas já tinham voltado 100% em abril porque todos os professores e funcionários foram vacinados em março, mas meu pai não me deixou voltar. Dias depois de tomar a vacina, fui liberada e finalmente pude voltar à escola. Foi maravilhoso conviver novamente com as pessoas, frequentar a casa da Carla e ficar lá até tarde rindo com todo mundo.

Em julho de 2021, fiz uma viagem incrível com a Maria, que, desde então, passei a chamar de vó, minha vó Maria. Fomos juntas para Goiás e pudemos conhecer a terra de Cora Coralina. Foi uma viagem maravilhosa, e combinamos de no fim do ano viajar para o Rio pra conhecer os cenários onde viveram Lima Barreto e Machado de Assis e pra conhecer a Biblioteca Nacional! Aos pouquinhos, percorreremos todos os lugares que visitei *on-line* com meu avô. Vivian foi conosco, tenho gostado cada vez mais da companhia da minha irmã. Apesar da grande diferença de idade, estamos cada dia mais próximas. Fiquei pensando que eu teria gostado de ter uma irmã mais velha quando era pequena.

Vó Maria está bem. Sente muitas saudades do vovô, mas está firme, forte. Eu acho até que ela está descobrindo uma outra vida, diferente da que teve antes. Agora que a tia Ju se mudou e o vovô morreu, ela finalmente tem mais tempo pra si mesma. Começou a ler mais, visitar as amigas, está até fazendo um curso de dança no clube da terceira idade. Vó Maria foi dançarina na juventude, mas depois que casou, vovô nunca mais topou sair para dançar. Uma pena ele não estar mais aqui para ver vovó dançando. Vivian e eu fomos com ela outro dia e nos divertimos.

Beto e eu estamos namorando. Sim, namorando. Mas resolvemos manter o namoro em segredo, pelo menos por enquanto. Quanto tempo será que dura um segredo desse tamanho?

Papai e Fernanda se conheceram ao vivo. Ele está todo sorridente, mil vezes menos chato, parece que ela vai se mudar daqui a uns meses para uma cidade que fica a 30 quilômetros daqui, arrumou um bom trabalho por lá. Eu ainda não a conheci ao vivo, mas Vivian e eu estamos ansiosas para conhecê-la e conhecer a filha dela. Será que um dia iremos todos formar uma grande família?

Fim.

Assinado: Natália, 30 de setembro de 2021.

P.S. Desculpa aí quem acreditou ou, como diria tia Maria, quem caiu nesse "conto do vigário". Como este ano foi todo uma distopia (palavra que aprendi nas aulas), resolvi escrever um epílogo utópico, rsrs. Continuamos em 2020. Hoje ainda é dia 31/12. Choveu o dia inteiro. A lua e as estrelas ontem à noite não indicavam dia ensolarado como eu previa. Agora já são mais de 19 horas. Parece que a natureza quer lavar o mundo todo. Que lave, que leve tudo o que é ruim para longe. Por aqui, tia Bel está preparando a ceia, tia Maria já chegou para ajudar. Máscaras, janelas abertas, cheiro de mato molhado. A Chocolate está encharcada, entrou aqui na sala e se sacudiu toda, molhando tudo. Tia Bel ficou uma fera. Meu pai ligou e disse: Natália, você sabe que eu te amo, não é? Acho que ele está bem emotivo. Todos nós estamos. Como não estar? E a chuva, a chuva, a chuva segue lavando tudo. Entraremos na nova década debaixo d'água.

Daniel Teixeira

Camila Tardelli

Olá, leitor! Eu sou escritora, professora e mediadora de leitura. Sou uma mulher branca, nascida e crescida no interior de São Paulo. Ler e escrever é o que mais gosto de fazer.

O projeto inicial deste livro era uma viagem literária pelo país. Em 2020, ele foi ressignificado: como viajar sem sair de casa?

Meu avô materno, que sempre viveu entre livros, foi minha principal inspiração para criar o avô João, mas não a única. Também dialoguei com a figura do avô paterno de meu filho, um advogado negro apaixonado por literatura.

O nome da protagonista veio do meu pai: "Natália é um nome bonito", ele me disse. Então nasceram Caetano, meu filho, e Natália, minha personagem.

Este é meu segundo livro. Em ambos, as protagonistas são meninas não brancas, e isso não é apenas um detalhe. Sempre senti falta de personagens mulheres, negros e indígenas. Hoje sou casada com um homem negro e mãe de um menino negro. Dessa forma, a escrita deste livro passa por questões que me são muito caras, além de serem urgentes.

Boa leitura!

Silvia Amstalden

Quando eu tinha a idade da Natália (13 anos), já gostava muito de desenhar e frequentava o ateliê de uma artista visual lá em Campinas (SP), onde nasci. Mas não imaginava que desenhar poderia se tornar a minha profissão e que, assim, publicaria uma porção de livros para várias editoras.

Também nem passava pela minha cabeça que no ano de 2020 viveríamos uma pandemia, e que eu e as minhas duas filhas ficaríamos tanto tempo dentro de casa. Eu trabalhando e elas estudando, no mesmo lugar; os trabalhos, as lições e as refeições disputando o espaço na mesa da sala. Uma rotina pandêmica. E foi nessa rotina que fiz as ilustrações deste livro. Tentei me colocar no lugar da Natália e desenhar uma parte do seu diário, dos acontecimentos e das descobertas vividas por ela e seu avô nesta linda viagem virtual pela literatura brasileira. Uma grande aventura!

Nino Andrés

Notas

1 VERISSIMO, Erico. Ana Terra. *In*: VERISSIMO, Erico. *O tempo e o vento*. São Paulo: Companhia das Letras, 2015. p. 90. **2** BARRETO, Lima. *Recordações do escrivão Isaías Caminha*. São Paulo: Ática, 1995. p. 8. Disponível em: http://www.dominiopublico.gov.br/pesquisa/DetalheObraForm.do?select_action=&co_obra=1865. Acesso em: 8 abr. 2021. **3** BARRETO, Lima. *Recordações do escrivão Isaías Caminha*. São Paulo: Ática, 1995. p. 89 e 101. Disponível em: http://www.dominiopublico.gov.br/pesquisa/DetalheObraForm.do?select_action=&co_obra=1865. Acesso em: 8 abr. 2021. **4** BARRETO, Lima. *Recordações do escrivão Isaías Caminha*. São Paulo: Ática, 1995. p. 122. Disponível em: http://www.dominiopublico.gov.br/pesquisa/DetalheObraForm.do?select_action=&co_obra=1865. Acesso em: 8 abr. 2021. **5** SUASSUNA, Ariano. *Auto da Compadecida*. São Paulo: Nova Fronteira, 2018. p. 155-156. **6** MELLO, Thiago de. Os estatutos do homem (Ato Institucional Permanente). *In*: MELLO, Thiago de. *Faz escuro mas eu canto*. São Paulo: Global, 2017. p. 14. **7** MELLO, Thiago de. Madrugada camponesa. *In*: MELLO, Thiago de. *Faz escuro mas eu canto*. São Paulo: Global, 2017. p. 25. **8** MACHADO DE ASSIS, J. M. Pai contra mãe. *In:* MACHADO DE ASSIS, J. M. *Todos os contos*. Rio de Janeiro: Nova Fronteira, 2019. p. 777. **9** MACHADO DE ASSIS, J. M. Pai contra mãe. *In:* MACHADO DE ASSIS, J. M. *Todos os contos*. Rio de Janeiro: Nova Fronteira, 2019. p. 777. **10** JESUS, Carolina Maria de. *Quarto de despejo*. São Paulo: Ática, 2019. p. 58-60. **11** MELLO, Thiago de. *Faz escuro mas eu canto*. São Paulo: Global, 2017. p. 64. **12** CORALINA, Cora. Meu epitáfio. *In:* CORALINA, Cora. *Meu livro de cordel*. São Paulo: Global Editora, 2014. p. 73. **13** RUFINO, Luiz; SIMAS, Luiz Antonio. *Flecha no tempo*. Rio de Janeiro: Mórula Editorial, 2019. p. 3.

Este livro foi composto com as famílias tipográficas UnB
e Hershey Noailles para a Editora do Brasil em 2021.